商用
日語會話

—— 楊清發　編著 ——

（Ⅰ）

楊清發

日本拓殖大學經濟學博士，
前南台科技大學副教授兼國
貿系主任。

三民書局

國家圖書館出版品預行編目資料

商用日語會話 / 楊清發編著. — — 初版五刷. — —
臺北市: 三民, 2014
面；　公分

ISBN 978−957−14−2904−5　(第一冊:平裝)
1.日本語言–會話

803.188　　　　　　　　　　　　　　　87011284

ⓒ　商用日語會話 Ⅰ

編 著 者	楊清發
發 行 人	劉振強
著作財產權人	三民書局股份有限公司
發 行 所	三民書局股份有限公司
	地址　臺北市復興北路386號
	電話　(02)25006600
	郵撥帳號　0009998−5
門 市 部	(復北店) 臺北市復興北路386號
	(重南店) 臺北市重慶南路一段61號
出版日期	初版一刷　1998年10月
	初版五刷　2014年10月
編　　號	S 802020

行政院新聞局登記證局版臺業字第○二○○號

有著作權・不准侵害

ISBN　978−957−14−2904−5　(第一冊:平裝)

http://www.sanmin.com.tw　三民網路書店
※本書如有缺頁、破損或裝訂錯誤，請寄回本公司更換。

推薦の言葉

　　ビジネス日本語のテキストというと、初級からのものは少なく台湾で出版されたものは皆無と言っていいだろう。また、文型の面にしても語彙の面にしても中途半端なテキストが多かったのではないだろうか。

　　ここに新しく出た『商用日語讀本』は、語彙に特徴がある。ビジネス日本語の語彙面では一般的な日本語とは異なる。そこに焦点をあてたテキストであると言えるだろう。初級の初期の段階からビジネスの語彙を用いたことで早い段階で学習者にビジネス日本語に触れさせることができると著者である楊清發博士がお考えになったからであろう。

　　また、ビジネスの知識を含んだコラムが設けられており、これも商業を理解するための一助となろう。

　　このテキストを使用し早い段階からビジネス日本語を理解してほしい。

財団法人日本漢字能力協会参与
日本語教育研究所研究員
岡本輝彦

給本書讀者的話

「國際化」是八〇年代以來台灣努力的目標，也是台灣經濟永續發展的主要依據，而隨著台灣「國際化」的腳步加快，加強學習外語將益形重要。現在舉國上下正透過各種不同管道以戮力提升國人的外語能力。例如：小學起實施雙語教育、大專院校的推薦甄試入學以外語能力的良否作為錄取的重要依據、企業對於努力學習外語的員工給予獎金鼓勵等，實不勝枚舉。

具備外語能力可提高個人的附加價值，利於求職就業及升遷。當然，透過語言也可以瞭解異國的文化，提升精神層面的內涵，可謂受益無窮。

然而，要學好一種新語言，絕非易事。需要付出相當大的心血，才能有所收獲。筆者認為要學好外語，下列事項是讀者們需牢記，並且確實遵守的：

一、持之以恆

古有明訓：「有恆為成功之本」，此語用於外語之學習亦甚貼切且重要。學習一種新語言，無法持之以恆實為學習者的大忌。尤其初學者在基礎尚未紮根時，一旦稍有懈怠或中斷，便會前功盡棄。所以要切記「有恆為成功的一半」，無論遇到任何的學習困難，一定要努力克服，堅持到底，不缺課、不半途而廢。

二、課前預習

對於初學者而言，日文是一門新的學問，每一課、每一單元都會有新內容及許多初學者們所不懂的單字與句型，因此課前的預習非常重要，透過預習有助於學習者掌握新單元的重點，並能於上課時充分瞭解老師所講解及分析的內容。

三、上課專心

老師上課講解能幫助我們很快理解新單字或慣用語的意思、用法及句型的結構，縮短自我摸索、學習的時間，達成事半功倍的學習效果。倘若上課不專心聽講，課後的學習，讀者們勢必要付出更多的代價，因此上課專心聽講亦是不可或缺的學習原則。

四、課後複習

　　經由課前預習及上課的認真學習，相信學習者已能充分理解學習進度內的內容。但是此階段的學習僅止於「理解」，離靈活應用所學之內容尚有一大段的差距。因此，課後應將課堂上所學的內容加以反覆練習，即一邊聽錄音帶，一邊大聲地唸，直到能朗朗上口，甚至會背誦的程度為止。一般而言，課後自我複習的時間應設定在比上課時間多出一倍的程度以上。

　　誠如許多英語專家所言：「學英語的秘訣無它，惟『努力』二字而已！」，此番話亦適用於日語的學習，「努力」即為學好日語的捷徑！希望讀者們能以此為學習日語的座右銘，並確實地去實行，則相信您可很快地學好日語。

楊清發　謹識

一九九八年八月於南台技術學院

本書的使用方法

一、本書的編排

本書依不同的商務使用場合編寫，共分十課。適用於非主修日文的大專院校各科系學生。精簡的句型加上實用的單字，易學易懂，一學期即可學完全部進度。

二、各單元設計

每課的內容基本上分為：（一）語彙；（二）句型；（三）例句；（四）課文；（五）練習；（六）商務知識。

（一）語彙

每課新的生詞，均在此處加以解釋。每個詞都加附語調、詞類及在課文中的意思等。學習者於課前應先瞭解各生詞的意思，並嘗試將它背起來，俾有益於瞭解全課的內容。

（二）句型

用不含生詞的句型模式將基本句型公式化。學習者要把句型結構掌握好，並且牢記。

（三）例句

透過單句的問答對話方式，使學習者更能熟悉基本句型的結構與用法。

（四）課文

以該課的句型為核心，並設定一商務場合，進行會話交談，以達到活用句型的目的。內容實用，適用於實際場合的對話。學習者必須在把它全部背下來的前提下進行學習。

（五）練習

　　課文中出現的語法和句型是練習的重點。練習分為 A、B 兩個單元。練習 A 採基本的代換練習和變換練習方式，而練習 B 的內容則較複雜；有指定回答法的問答練習以及代換和問答混合的練習。透過本單元的口頭練習，學習者將可確實且熟練地運用所學的語彙及句型。然而為了更進一步提高學習效果，學習者最好是利用錄音帶反覆不斷地進行口頭練習。

（六）商務知識

　　本單元泛舉有關日本的人文、社會、經貿、企管等方面的內容，透過本單元的學習，有助於提升實質上商務日語交談內容的深度。

目　録

第 一 課 挨拶の言葉、教室の言葉など

(一) 挨拶の言葉

1.	おはようございます。	早安。
2.	こんにちは。	午安。
3.	こんばんは。	晩安。
4.	さようなら。	再見。
5.	じゃ、またあした。	那麼明天見。
6.	お休みなさい。	您休息吧！晩安(睡前用語)。
7.	どうもありがとうございます。	十分感謝。
8.	いいえ、どういたしまして。	不，不客氣。
9.	すみません。	對不起。
10.	ごめんなさい。	對不起。
11.	失礼します。	打擾了。
12.	お邪魔します。	打擾了。
13.	お先に失礼します。	我先失陪了，很抱歉。
14.	どうぞお先に。	您請先走。
15.	ちょっと失礼します。	失陪一下。
16.	そろそろ失礼します。	差不多該告辭了。
17.	お待たせいたしました。	讓您久等了。
18.	少々お待ちください。	請稍等一下。
19.	お元気ですか。	您好嗎?
20.	はい、お蔭様で元気です。	託您的福，我很好。

21. 御馳走様でした。 謝謝您的款待。

22. いいえ、お粗末様でした。 粗茶淡飯，不成敬意。

23. 遠慮しないでください。 請不要客氣。

24. いらっしゃいませ。 歡迎光臨。

25. どうぞお入りください。 請進。

26. どうぞお掛けください。 請坐。

(二) 教室の言葉

1. 起立。 起立。

2. 礼。 敬禮。

3. 始めましょう。 開始上課吧。

4. では、今日はここまで。終わります。 那麼，今天到此為止。下課。

5. 終わりましょう。 下課吧。

6. ちょっと休みましょう。 休息一下。

7. 分かりましたか。 懂了嗎?

8. はい、わかりました。 是的，懂了。

9. いいえ、まだわかりません。 不，還不懂。

10. もう一度言ってください。 請再說一次。

11. 先生、もう一度お願いします。 老師，請再說一次。

12. もういいですか。 好了嗎?

13. はい、もういいです。 好，可以。

14. いいえ、まだです。 不，還不行。

15. 質問はありますか。 有問題嗎?

16. 質問はありません。　　　　　　　　沒有問題。

17. 質問してください。　　　　　　　　請發問。

18. 質問に答えてください。　　　　　　請回答問題。

19. 繰り返してください。　　　　　　　請重覆一次。

20. 本を開いてください。　　　　　　　請打開課本。

21. 本を開けてください。　　　　　　　請打開課本。

22. 本を閉じてください。　　　　　　　請把課本蓋起來。

23. 読んでください。　　　　　　　　　請唸。

24. 書いてください。　　　　　　　　　請寫。

25. 試験をしますから、本とノートをし　　要考試了，請把課本和
　　まってください。　　　　　　　　　筆記簿收起來。

26. はい、時間です。出してください。　　好，時間到。請交出來。

㈢「と」と「の」

1. わたしとあなた　　　　　　　　　　我和你

2. 田中さんと鈴木さん　　　　　　　　田中先生(小姐)和鈴木先生(小
　　　　　　　　　　　　　　　　　　　姐)

3. 銀行と会社　　　　　　　　　　　　銀行和公司

4. 社長と職員　　　　　　　　　　　　董事長(總經理)和職員

5. 台湾と日本　　　　　　　　　　　　臺灣和日本

6. わたしの会社　　　　　　　　　　　我的公司

7. わたしの趣味　　　　　　　　　　　我的興趣

8. わたしの履歴書　　　　　　　　　　我的履歷表

9. 東洋物産の会社案内　　　　　東洋物產的公司簡介

10. 新製品の見本　　　　　新產品的樣本

11. 日本の経済状況　　　　　日本的經濟情況

※「と」（助）　表並列，可做「和、與」解釋。

※「の」（助）　表所有、所屬，可做「的」解釋。

私は会社員です

◀語彙▶

1. は	（助）	表句子主題。當助詞時，讀成「wa」。
2. ～さん	（接尾）	～先生，～太太，～小姐。
3. か	（助）	表疑問。～呢? ～嗎?
4. ～です	（助動）	是～。表斷定。斷定助動詞「だ」的敬體。
5. ① どなた	（代）	誰，だれ〔誰〕的敬稱。
6. ⓪ 伊藤忠	（名）	伊藤忠(日本的十大商業公司之一)。
7. ⓪ 田中	（名）	田中(日本人的姓氏)。
8. ⑤ 台南銀行	（名）	臺南銀行。
9. ③ 会社員	（名）	公司職員。
10. ③ いいえ	（感）	表否定。不，不是。
11. ～ではありません		斷定助動詞「だ」的否定敬體。
12. ④ 大学生	（名）	大學生。
13. も	（助）	也。
14. ① はい	（感）	表肯定。是。
15. ③ 銀行員	（名）	銀行員。
16. ⓪ あのう	（感）	那個～，嗯～（用以引起對方注意）。
17. ② 失礼ですが		請問一下(冒昧發問時使用)。
18. ⑤ 三菱商事	（名）	三菱商業公司。
19. ⓪ 石井	（名）	石井(日本人的姓氏)。
20. ① そうです		是的。

21. ⓪ 台湾 (名) 臺灣。
22. ⑤ 貿易会社 (名) 貿易公司。
23. ① ああ (感) 啊。
24. ④ はじめまして 初次見面。
25. ⓪ 名刺 (名) 名片。
26. どうぞよろしく 請多多指教。
27. こちらこそ 我才是(要請你多多指教)。
28. ⓪ こちら (代) 這位。
29. ① 社員 (名) 員工。
30. ⑨ 台湾実業会社 (名) 臺灣實業公司。
31. ありがとうございます 謝謝。
32. ④ ビジネスマン (名) businessman，公司職員。
33. ① 店長 (名) 店長。
34. ⓪ 店員 (名) 店員。
35. ② 秘書 (名) 秘書。
36. ② マネージャー (名) manager，經理，經紀人。
37. ③ サラリーマン (名) salary man，薪水階級。
38. ⑤ 新入社員 (名) 新進職員。
39. ⓪ 学生 (名) 學生。
40. ④ 山田商店 (名) 山田商店。
41. ④ 三井物産 (名) 三井物産公司。
42. ⑤ 台湾物産 (名) 臺灣物産公司。
43. ③ 技術者 (名) 技術員。

44.	⓪ 渡辺 _{わたなべ}	（名）	渡邊（日本人的姓氏）。
45.	① 水野 _{みずの}	（名）	水野（日本人的姓氏）。
46.	⓪ 小川 _{おがわ}	（名）	小川（日本人的姓氏）。
47.	⓪ 石橋 _{いしばし}	（名）	石橋（日本人的姓氏）。
48.	③ 先生 _{せんせい}	（名）	老師。
49.	⓪ 医者 _{いしゃ}	（名）	醫生。
50.	③ 公務員 _{こうむいん}	（名）	公務員。
51.	④ 日本人 _{にほんじん}	（名）	日本人。
52.	⓪ 鈴木 _{すずき}	（名）	鈴木（日本人的姓氏）。
53.	⓪ 係長 _{かかりちょう}	（名）	股長。
54.	⑤ 台湾人 _{たいわんじん}	（名）	臺灣人。
55.	⓪ 養老の滝 _{ようろうのたき}	（名）	養老乃瀧。
56.	④ 日本大学 _{にほんだいがく}	（名）	日本大學。
57.	⓪ 部長 _{ぶちょう}	（名）	部門經理。
58.	③ 営業部 _{えいぎょうぶ}	（名）	業務部。
59.	③ 販売部 _{はんばいぶ}	（名）	銷售部。
60.	③ 総務部 _{そうむぶ}	（名）	總務部。
61.	⓪ 山本 _{やまもと}	（名）	山本（日本人的姓氏）。
62.	〜と申します _{もう}	（動）	叫做〜。
63.	お願いします _{ねが}	（動）	拜託。

人称代名詞

	普通体(普通體)	丁寧体(禮貌體)
第一人称	わたし、僕(我)	わたくし(我)
第二人称	あなた、君(你、妳)	あなた(你、妳)
第三人称	彼、彼女(他、她)	あの方(他、她)
	あの人(他、她)	
疑問詞	誰(誰)	どなた(誰)

註：第三人稱代名詞的近稱、中稱、遠稱、不定稱分別爲この人／その人／あ
の人／どの人，其敬稱爲この方／その方／あの方／どの方。

文型

1. ～　は　～　ですか。

2. ～　は　～　です。

3. ～　は　～　ではありません。

4. ～　も　～　ですか。

◀例文▶

1. わたしは　伊藤忠の田中です。どうぞよろしく。

2. 田中：あなたは　林(りん)さんですか。

　　林　：はい，〔わたしは〕林です。

3. A：あなたは　どなたですか。

　　B：わたしは　台南銀行の陳(ちん)です。

　　A：あなたは　会社員ですか。

　　B：いいえ、〔わたしは〕会社員ではありません。大学生です。

4. A：わたしは　大学生です。あなたも　大学生ですか。

　　B：はい、わたしも　大学生です。

　　A：わたしは　銀行員です。あなたも　銀行員ですか。

　　B：いいえ、わたしは　銀行員ではありません。

〈 本文 1 〉

黄　：あのう、失礼ですが、三菱商事の石井さんですか。

石井：はい、そうです。どなたですか。

黄　：台湾貿易会社の黄です。

石井：ああ、黄さんですか。はじめまして。

　　　わたしの名刺です。どうぞよろしく。

黄　：こちらこそ、どうぞよろしく。

本文 2

黄　：石井さん、（手指張）こちらは張　耀徳さんです。

張　：はじめまして、張です。どうぞよろしく。

黄　：（手指石井）石井さんです。

石井：三菱商事の石井です。どうぞよろしく。

　　　張さんも台湾貿易会社の社員ですか。

張　：いいえ。わたしは台湾貿易会社の社員ではありません。

　　　台湾実業会社の社員です。わたしの名刺です。どうぞよろしく。

石井：ありがとうございます。どうぞ。

◀練習A▶

1.

┌────────────────────────────────────┐
│　～　は　～　です。   │
└────────────────────────────────────┘

| わたし
林さん
田中さん | は | ビジネスマン
店長
店員
大学生
秘書 | です。 |

2.

┌────────────────────────────────────┐
│　～　は　～　ではありません。   │
└────────────────────────────────────┘

| わたし
張さん
渡辺さん | は | マネージャー
サラリーマン
新入社員
秘書
学生 | ではありません。 |

3.

〜　は　〜　ですか。	はい、そうです。 はい、　〜　は　〜　です。 いいえ、そうではありません。 いいえ、　〜　は　〜　ではありません。

Q.

　　あなた　　　　　　　山田商店の店員
　　張さん　　　　　は　三井物産の社員　　ですか。
　　石井さん　　　　　　台湾物産の技術者

A₁.
　　はい、そうです。

　　　　　　　　わたし　　　　　　　山田商店の店員
　　はい、　張さん　　　　　は　三井物産の社員　　です。
　　　　　　　　石井さん　　　　　　台湾物産の技術者

A₂.
　　いいえ、そうではありません。

　　　　　　　　わたし　　　　　　　山田商店の店員
　　いいえ、　張さん　　　　　は　三井物産の社員　　ではありません。
　　　　　　　　石井さん　　　　　　台湾物産の技術者

4.

～ は ～ です。 ～ も ～ですか。	はい、 ～ は ～ です。 いいえ、 ～ は ～ ではありません。

Q.

渡辺さん
水野さん は 会社員
銀行員
学生 です。

小川さん
石橋さん も 会社員
銀行員
学生 ですか。

A₁.

はい、 小川さん
石橋さん も 会社員
銀行員
学生 です。

A₂.

いいえ、 小川さん
石橋さん は 会社員
銀行員
学生 ではありません。

小川さん
石橋さん は 先生
医者
公務員 です。

◀練習B▶

1. 例： わたし・田中⇒ わたしは　田中です。

    (1) 黄さん・会社員

    (2) わたしたち・日本人

    (3) 陳さん・銀行員

    (4) わたしたち・大学生

    (5) 鈴木さん・秘書

2. 例： わたし・林⇒ わたしは　林ではありません。

    (1) わたし・公務員

    (2) 林さん・係長

    (3) わたし・台湾人

    (4) 陳さん・医者

    (5) わたしたち・技術者

3. 例： わたし・三井物産・社員⇒ わたしは　三井物産の社員です。

    (1) わたしたち・三菱商事・社員

    (2) 林さん・社長・秘書

    (3) 張さん・養老の滝・店長

    (4) わたしたち・日本大学・学生

    (5) 田中さん・貿易会社・部長

4. 例：あなたは　陳さんですか。（はい）／（いいえ／林）

　　⇒　はい、陳です。／いいえ、〔わたしは〕林です。

　　(1) 林さんは　会社員ですか。（はい）

　　(2) 陳さんは　店長ですか。（いいえ／店員）

　　(3) 田中さんは　部長ですか。（いいえ／係長）

　　(4) あなたは　三井物産の社員ですか。（はい）

　　(5) あなたは　営業部の田中さんですか。（いいえ／総務部の田中）

　　(6) あなたは　秘書の山本さんですか。（はい）

◀会話練習▶

1. A： はじめまして。陳です。どうぞよろしく。

　　B： 田中です。どうぞよろしく。

2. A： はじめまして。営業部の林です。

　　　　どうぞよろしく。（どうぞよろしくお願いします。）

　　B： 販売部の田中です。

　　　　こちらこそ、どうぞよろしく。

3. 陳　： 田中さん、こちらは総務部の山本さんです。

　　山本： はじめまして。山本と申します。

　　　　　どうぞよろしくお願いします。

　　田中： どうも。

陳　　：山本さん、こちらは営業部の田中さんです。

田中：田中です。

山本：よろしくお願いします。

◀商務知識▶

名刺交換（交換名片）
めいしこうかん

　　在商場上，交換名片是建立工作關係的第一步。不過，在日本，名片的使用頻率更高，從事對日貿易者，不可不重視名片的使用。與日商交往，一旦你的名片被一家公司接受並存入檔案中，就意味著和該公司已建立正式的聯繫管道，所以應利用一切機會和日本的職員交換名片。而且，住址、職務、電話等若有變動時，應立即聯繫更正。

　　再者，由於交換名片是一切工作的開始，有禮貌地交換名片，可以給對方留下良好的印象，故也應養成良好的名片交換習慣。它包括以下幾個方面：

一、名片要放在便於取出的地方，以便可以隨時與人交換。

二、遞名片時要站起來，用一隻手遞交。

三、將名片正面朝著對方，並把公司名稱和自己的名字清楚地告訴對方。介紹姓名時，先說姓，後說名，此點與我國相同。

四、訪問者要先遞名片。

五、陪同你的上司訪問時，要等上司介紹你以後才遞名片。

六、接對方名片時要用雙手，可能的話隨即過目一下。

七、名片收下後，不要亂放，應放入名片夾裡。

八、回公司後，立即將名片加以整理收存，作為今後的參考。

第三課 これは見本です

◀語彙▶

1. ③ 新製品 しんせいひん （名） 新產品。

2. ④ 電子辞書 でんしじしょ （名） 電子辭典。

3. ⑤ 東京会館 とうきょうかいかん （名） 東京會館。

4. ⓪ 車 くるま （名） 車子。

5. ⓪ 小林 こばやし （名） 小林（日本人的姓氏）。

6. ⓪ 見本 みほん （名） 樣本。

7. ⓪ 中国語 ちゅうごくご （名） 中文。

8. ① コート （名） coat，大衣。

9. ⓪ 取扱説明書 とりあつかいせつめいしょ （名） 使用說明書。

10. ⓪ カタログ （名） catalogue，目錄。

11. ④ ビデオカメラ （名） video camera，攝影機。

12. ⓪ 山田 やまだ （名） 山田（日本人的姓氏）。

13. ④ 浅野課長 あさのかちょう （名） 淺野課長。

14. ⓪ 書類 しょるい （名） 文書，文件。

15. ⓪ 小島 こじま （名） 小島（日本人的姓氏）。

16. ⓪ かばん （名） 皮包。

17. ⓪ 佐野 さの （名） 佐野（日本人的姓氏）。

18. お久しぶり ひさ （「お」，接頭語），在此含尊敬之功能；「久しぶり」（名）隔了好久之意。「お久しぶりですね」，中譯為好久不見。

19. お変わりありませんか 別來無恙嗎?

20. 相変わらずです 老樣子。
   (あいか)

21. ⓪ お土産 (「お」，接頭語)，在此含有鄭重、
   (み やげ) 美化之功能。中譯爲特產，禮品。

22. ① どうぞ （副） 請。

23. ① どうも （副） 謝謝。

24. ⑤ いただきます （他五） 「頂く」之敬體，「食べる、飲む」的
   (た) (の) 鄭重說法。

25. ② お元気ですか 你好嗎?
   (げん き)

26. ⑥ お蔭様です 託福。
   (かげさま)

27. ⓪ 紹介 （名・他サ） 介紹。
   (しょうかい)

28. ⑤ 台湾物産 （名） 臺灣物産公司。
   (たいわんぶっさん)

29. ① 弊社 （名） 敝公司。
   (へいしゃ)

30. ④ 会社案内 （名） 公司簡介。
   (かいしゃあんない)

31. ⑥ ご覧ください 請看。
   (らん)

32. ② 飲物 （名） 飲料。
   (のみもの)

33. ⓪ 日本茶 （名） 日本茶。
   (に ほんちゃ)

34. ③ 美味しかった （形） 好吃(「美味しい」的過去式)。
   (お い)

35. ③ もう一杯 再來一杯。
   (いっぱい)

36. ② 如何 （副・形動） 如何，怎麼樣。
   (いか が)

37. ③ もう結構です 不，不要了。
   (けっこう)

38. ③ 大きい （形） 大的。
   (おお)

39. ② 建物 （名） 建築物。
   (たてもの)

40.	② 白い	（形）	白色的。
41.	① ビル	（名）	building，大廈。
42.	⑥ サンシャインシティ	（名）	Sunshine City，太陽城。
43.	⑤ プリンスホテル	（名）	Prince Hotel，王子大飯店。
44.	すぐ隣		在此用來表示距離很近，就在旁邊。
45.	⓪ 雑誌	（名）	雑誌。
46.	④ 旅行案内	（名）	旅行簡介。
47.	① サンプル	（名）	sample，樣本。
48.	④ パンフレット	（名）	pamphlet，（簡介等的)小冊子。
49.	⑥ クレジットカード	（名）	credit card，信用卡。
50.	④ 日本円	（名）	日幣。
51.	⓪ 免税品	（名）	免税品。
52.	② 小切手	（名）	支票。
53.	④ 為替手形	（名）	匯票。
54.	④ 預金通帳	（名）	存摺。
55.	③ パスポート	（名）	passport，護照。
56.	④ キャッシュカード	（名）	cash card，提款卡。
57.	③ メモ用紙	（名）	便箋。
58.	① カメラ	（名）	camera，照相機。
59.	⑤ テレホンカード	（名）	telephone card，電話卡。
60.	⑥ 三越デパート	（名）	三越百貨公司。
61.	⑤ 販売係	（名）	銷售員。
62.	⓪ 伊藤	（名）	伊藤(日本人的姓氏)。

63. ⓪ 高山（たかやま）	（名）	高山（日本人的姓氏）。
64. ⓪ 都築（つづき）	（名）	都築（日本人的姓氏）。
65. ⓪ 塩（しお）	（名）	鹽。
66. ② 砂糖（さとう）	（名）	糖。
67. ① ソース	（名）	sauce，醬料。
68. ① ラー油（ゆ）	（名）	辣油。
69. ⑤ トマトケチャップ	（名）	tomato ketchup，番茄醬。
70. ② 図書館（としょかん）	（名）	圖書館。
71. ～製（せい）	（名）	～國的製品。
72. ⓪ 時計（とけい）	（名）	手錶。
73. ③ 会議室（かいぎしつ）	（名）	會議室。
74. ⓪ 契約書（けいやくしょ）	（名）	契約書。
75. ⓪ 事務所（じむしょ）	（名）	事務所。
76. ⓪ 営業報告書（えいぎょうほうこくしょ）	（名）	營業報告書。
77. ① 本屋（ほんや）	（名）	書店。
78. ⓪ 木村（きむら）	（名）	木村（日本人的姓氏）。
79. ④ 人事部長（じんじぶちょう）	（名）	人事部門經理。
80. ⓪ 吉田（よしだ）	（名）	吉田（日本人的姓氏）。
81. ② 店（みせ）	（名）	店。
82. ⓪ 薬屋（くすりや）	（名）	藥店。
83. NON NON	（名）	日本流行雜誌。
84. ⓪ 川島（かわじま）	（名）	川島（日本人的姓氏）。
85. ③ 海外部（かいがいぶ）	（名）	海外部。

86. ⓪ 上田 （名） 上田(日本人的姓氏)。

87. ① スーパー（マーケット） （名） supermarket，超級市場。

88. ⓪ 手帳 （名） 記事簿，手冊。

89. ⓪ 金井 （名） 金井(日本人的姓氏)。

90. ⓪ 林 （名） 林(日本人的姓氏)。

91. ① 席 （名） 座位。

92. ⓪ 杉本 （名） 杉本(日本人的姓氏)。

93. ⓪ 石原 （名） 石原(日本人的姓氏)。

94. ⓪ 北野 （名） 北野(日本人的姓氏)。

95. ⑤ 北村会社 （名） 北村公司。

こ・そ・あ・ど系

品詞	代名詞			連体詞
	物	場所	方向	指定（＋名詞）
こ系 （近稱）	これ （這）	ここ （這裡）	こちら （這邊 這位）	この～ （這～）
そ系 （中稱）	それ （那）	そこ （那裡）	そちら （那邊 那位）	その～ （那～）
あ系 （遠稱）	あれ （那）	あそこ （那裡）	あちら （那邊 那位）	あの～ （那～）
ど系 （不定稱）	どれ （哪）	どこ （哪裡）	どちら （哪邊 哪位）	どの～ （那～，哪～）

註： こ系列→指稱的對象位於說話者自己的領域內。

　　 そ系列→指稱的對象位於對方的領域內。

　　 あ系列→指稱的對象位於說話者自己及對方的領域外。

　　 ど系列→用來表示疑問的詞。指稱的對象無法確定。

文型

1. これ／それ／あれは　〜　です。

2. これ／それ／あれは　〜　の　〜　ですか。

3. この／その／あの　〜　は　〜　です。

4. 〜　は　〜　のです。

5. 〜　は　これ／それ／あれです。

◀例文▶

1. これは　新製品です。

　　A：それは　何ですか。

　　B：これは　電子辞書です。

2. あれは　東京会館です。

　　A：あれは　誰の車ですか。

　　B：あれは　小林さんの車です。

　　これは　中国語の取扱説明書です。

　　A：それは　何のカタログですか。

　　B：これは　ビデオカメラのカタログです。

3. あの人は　山田さんです。

　　A：あの人は　どなたですか。

　　B：あの人は　浅野課長です。

4. あの本は　先生のです。

　　A：この書類は　誰のですか。

　　B：その書類は　課長のです。

5. 新製品の見本は　これです。

　　A：小島さんのかばんは　どれですか。

　　B：あれです。

<　本文　1　>

佐野：陳さん、お久しぶりですね。

陳　：お久しぶりですね。お変わりありませんか。

佐野：相変わらずです。

陳　：ああ、これはうちの総経理からのお土産です。どうぞ。

佐野：どうも、いただきます。総経理、お元気ですか。

陳　：はい、お蔭様で元気です。

佐野：ああ、そうですか。この方は。

陳　：ああ、ご紹介します。この方は台湾物産の張さんです。

張　：はじめまして、張です。どうぞよろしく。

佐野：はじめまして、佐野です。

張　：これは弊社の会社案内です。どうぞご覧ください。

〈本文 2〉

佐野： のみものをどうぞ。

陳　： これは日本茶ですか。

佐野： はい、そうです。

陳　： いただきます。おいしかったですね。

佐野： そうですか。もういっぱいいかがですか。

陳　： いいえ、もう結構です。あの建物は何ですか。

佐野： どれですか。

陳　： あの白いビルです。

佐野： ああ、あれはサンシャインシティです。

陳　： プリンスホテルはどれですか。

佐野： あれですよ。サンシャインシティのすぐ隣のビルです。

◀練習Ａ▶

1.

これ それ　は　何ですか。 あれ	それ これ　は　〜　です。 あれ

Ｑ.

　　　これ
　　　それ　は　何　ですか。
　　　あれ

Ａ.

　　　　　　　日本語の雑誌
　　　　　　　旅行案内
　　それ　　　見本
　　これ　は　サンプル　　　　　です。
　　あれ　　　カタログ
　　　　　　　パンフレット
　　　　　　　クレジットカード

2.

これ
それ は ～ ですか。
あれ

はい、これ は ～ です。
（それ／あれ）

いいえ、これ は ～ ではありません。
（それ／あれ）

Q.

これ
それ は 日本円
あれ 免税品
小切手
為替手形 ですか。
預金通帳
パスポート
キャッシュカード

A.

はい、 それ 日本円
（いいえ、） これ は 免税品
あれ 小切手 です。
為替手形 （ではありません。）
預金通帳
パスポート
キャッシュカード

3.

この　　　　何ですか。	その
その　〜　は　誰ですか。	この　〜　は　〜　です。
あの　　　　どなたですか。	あの

Q.

	建物	
	人	何
この	方	誰
その	書類	は　どなた　　ですか。
あの	メモ用紙	誰の
	カメラ	どなたの
	テレホンカード	

A.

	建物	三越デパート
	人	販売係
その	方	社長
この	書類	は　先生の　　　　です。
あの	メモ用紙	伊藤さんの
	カメラ	高山さんの
	テレホンカード	都築さんの

4.

～　は　どれですか。	これ ～　は　それ　です。 あれ

Q.

塩
さとう
ソース　　　　　　　は　どれ　ですか。
ラー油
トマトケチャップ

A.

塩
さとう
ソース　　　　　　　は　これ
　　　　　　　　　　　　それ　です。
ラー油　　　　　　　　　あれ
トマトケチャップ

◀練習B▶

1. 例：これ・本⇒　これは　本です。

　　(1) これ・書類⇒

　　(2) それ・見本⇒

　　(3) あれ・図書館⇒

　　(4) これ・日本製の時計⇒

　　(5) それ・旅行案内⇒

　　(6) あれ・会議室⇒

　　(7) これ・パスポート⇒

　　(8) それ・契約書⇒

　　(9) あれ・事務所⇒

　　(10) これ・営業報告書⇒

2. 例：それは　本ですか。（はい）

　　　　⇒　はい、これは　本です。

　　(1) それは　免税品ですか。（いいえ）

　　　　⇒ _____

　　(2) これは　契約書ですか。（いいえ）

　　　　⇒ _____

　　(3) あれは　会社案内ですか。（いいえ）

　　　　⇒ _____

(4) これは　新製品ですか。（はい）

⇒ _____

(5) それは　カタログですか。（はい）

⇒ _____

(6) それは　パンフレットですか。（いいえ）

⇒ _____

3. 例：この建物は　何ですか。（本屋）

⇒ この建物は　本屋です。

(1) あの建物は　何ですか。（デパート）

⇒ _____

(2) この店は　何ですか。（薬屋）

⇒ _____

(3) その雑誌は　何ですか。（NON NON）

⇒ _____

(4) この書類は　何ですか。（契約書）

⇒ _____

(5) その建物は　何ですか。（スーパー）

⇒ _____

4. 例：あの人は　誰ですか。（木村さん）

⇒ あの人は　木村さんです。

(1) その方は　どなたですか。(人事部長)

　　⇒ _____

(2) あの人は　誰ですか。(営業部の吉田さん)

　　⇒ _____

(3) あの店員は　誰ですか。(川島さん)

　　⇒ _____

(4) あの会社は　何ですか。(三菱商事)

　　⇒ _____

(5) その方は　どなたですか。(海外部の上田さん)

　　⇒ _____

5. 例: これは　誰の手帳ですか。(課長)

　　　⇒ その手帳は　課長のです。

(1) これは　誰の時計ですか。(高山さん)

　　⇒ _____

(2) あのコートは　誰のですか。(金井さん)

　　⇒ _____

(3) それは　誰のパスポートですか。(林さん)

　　⇒ _____

(4) あれは　誰の席ですか。(杉本さん)

　　⇒ _____

(5) そのカメラは　誰のですか。(石原さん)

　　⇒ _____

6. 例: 小林さんのかばんは　どれですか。（あれ）

　　　⇒　あれです。

　(1) カタログは　どれですか。（これ）

　　　⇒ _____

　(2) 見本は　どれですか。（あれ）

　　　⇒ _____

　(3) 契約書は　どれですか。（それ）

　　　⇒ _____

　(4) パンフレットは　どれですか。（これ）

　　　⇒ _____

　(5) 会社案内は　どれですか。（これ）

　　　⇒ _____

◀会話練習▶

1. A: すみません。これは　会社案内ですか。

　 B: はい、そうです。どうぞ。

　 A: どうも。

2. A: あのう、このかばんは　あなたのですか。

　 B: はい、わたしの　です。ありがとうございます。

　 A: いいえ。

3. A：これは　あなたの　パスポートですか。

　　B：いいえ、わたしの　ではありません。

　　A：じゃ、誰のですか。

　　B：北野さんのです。

4. A：北村会社の書類はどれですか。

　　B：これですよ。

　　A：あ、そうですか。

◀商務知識▶

┌───
│　ビジネスのマナー（商務禮儀）

　　　日本是一個十分注重禮節的民族。日本人常常站在對方的立場上考慮
或行動，因此，也希望對方如此。外國人在日本進行商務活動時，不能輕
視此事。例如，要拜訪交易的對方時，一定要預先與對方取得聯絡，把訪
問事項、見面時間、地點等事先通知對方。而由於彼此將占去對方寶貴的
時間，所以務必要遵守約定的時間。如果遲到會給對方造成不良的第一印
象，甚至影響業務的推動。如無法依約拜訪時，必須及時通知對方。
　　　另外，日本人在拜訪對方之際同時致贈禮品，以此增進彼此的感情。
若能投對方之所好，贈與適當的禮品則更佳。不過，禮品只作為表示自己
心情的象徵，因此不需要贈送過於昂貴的物品。
　　　再者，在訪問對方後，應該打電話通知對方或發謝函等。

第四課 ここは営業部です

◀語彙▶

1. ② 事務室 （名） 辦公室。
2. ⓪ 受付 （名） 詢問處。
3. ① 階 （名・接尾） (樓)層。
4. ⑤ 台中技研 （名） 臺中技研公司。
5. ⓪ うち （名） 我家、我(自己的家或自己所屬的團體、組織)。
6. ④ 電話番号 （名） 電話號碼。
7. ① 何番 （名） 幾號。
8. すみませんが 可當作「請問～」(「が」在此只是單純用來承上接下)。
9. ホテルメトロポリタン（名） Hotel Metropolitan，大都會大飯店。
10. どうもありがとうございました 非常感謝。
11. どういたしまして 哪裡哪裡，不用客氣。
12. ④ もうします （動） 「申す」的敬體。中譯為「叫做～」。
13. ⓪ 約束 （名・他サ） 約定。
14. 少々お待ちください 請稍候。
15. ⓪ 川崎 （名） 川崎(日本人的姓氏)。
16. ⓪ 台湾関係 （名） 臺灣關係。
17. ① 資料 （名） 資料。
18. ① キャビネット （名） cabinet，櫥櫃。

19.	1	中 <small>なか</small>	（名）	裡面。
20.	1	ファイル	（名）	file，檔案。
21.	0	下 <small>した</small>	（名）	下面。
22.	1	御社 <small>おんしゃ</small>	（名）	貴公司。
23.	5	ファックス番号 <small>ばんごう</small>	（名）	傳眞號碼。
24.	4	違います <small>ちが</small>	（動）	不對，錯誤。
25.	2	秘書室 <small>ひ しょしつ</small>	（名）	秘書室。
26.	3	談話室 <small>だん わ しつ</small>	（名）	談話室。
27.	5	東京銀行 <small>とうきょうぎんこう</small>	（名）	東京銀行。
28.	5	第一ホテル <small>だいいち</small>	（名）	第一大飯店。
29.	5	サンケイビル	（名）	產經大樓。
30.	1	駅 <small>えき</small>	（名）	車站。
31.	5	住友銀行 <small>すみともぎんこう</small>	（名）	住友銀行。
32.	3	通産省 <small>つうさんしょう</small>	（名）	通産省(經濟部)。
33.	0	お宅 <small>たく</small>	（名）	與「お住まい」同義，可中譯爲「府上」。
34.	2	社長室 <small>しゃちょうしつ</small>	（名）	董事長辦公室。
35.	1	カメラ	（名）	camera，照相機。
36.	0	売り場 <small>う ば</small>	（名）	售貨處。
37.	1	席 <small>せき</small>	（名）	位子。
38.	3	紳士服 <small>しんし ふく</small>	（名）	男裝。
39.	1	トイレ	（名）	toilet，廁所，化粧室。
40.	2	自動車 <small>じ どうしゃ</small>	（名）	汽車。

41. ① ドイツ　　　　　　（名）　　　　　德國。

42. ⓪ アメリカ　　　　　（名）　　　　　美國。

43. ② マレーシア　　　　（名）　　　　　馬來西亞。

44. ⑤ 松下電気　　　　　（名）　　　　　松下電器。

45. ⓪ 企画部　　　　　　（名）　　　　　企畫部。

46. ⓪ 松本　　　　　　　（名）　　　　　松本（日本人的姓氏）。

47. ⓪ 吉原　　　　　　　（名）　　　　　吉原（日本人的姓氏）。

48. ② デパート　　　　　（名）　　　　　department，百貨公司。

49. ⓪ 中山　　　　　　　（名）　　　　　中山（日本人的姓氏）。

50. ⓪ 大平　　　　　　　（名）　　　　　大平（日本人的姓氏）。

51. ⑨ 中国信託銀行　　　（名）　　　　　中國信託銀行。

52. ④ フリーダイヤル　　（名）　　　　　free dial，免費電話（對方付費方式）。

53. ⓪ 日本アジア航空　　（名）　　　　　日本亞細亞航空。

54. ⓪ 新聞　　　　　　　（名）　　　　　報紙。

55. ⓪ 名前　　　　　　　（名）　　　　　姓名（「お名前は」為叫什麼名字之意）。

56. ④ 日本人　　　　　　（名）　　　　　日本人。

57. ⓪ 福岡　　　　　　　（名）　　　　　福岡（日本的地名）。

58. ④ 市外局番　　　　　（名）　　　　　區域號碼。

数字の数え方

0	ゼロ、れい	零	70	ななじゅう	七十
1	いち	一		しちじゅう	
2	に	二	80	はちじゅう	八十
3	さん	三	90	きゅうじゅう	九十
4	し、よん、よ	四	100	ひゃく	百
5	ご	五	200	にひゃく	二百
6	ろく	六	300	さんびゃく	三百
7	しち	七	400	よんひゃく	四百
8	はち	八	500	ごひゃく	五百
9	きゅう、く	九	600	ろっぴゃく	六百
10	じゅう	十	700	ななひゃく	七百
11	じゅういち	十一	800	はっぴゃく	八百
12	じゅうに	十二	900	きゅうひゃく	九百
13	じゅうさん	十三	1,000	せん	千
14	じゅうよん	十四	2,000	にせん	二千
	じゅうし		3,000	さんぜん	三千
15	じゅうご	十五	4,000	よんせん	四千
16	じゅうろく	十六	5,000	ごせん	五千
17	じゅうしち	十七	6,000	ろくせん	六千
	じゅうなな		7,000	ななせん	七千
18	じゅうはち	十八	8,000	はっせん	八千
19	じゅうきゅう	十九	9,000	きゅうせん	九千
	じゅうく		10,000	いちまん	一万
20	にじゅう	二十	100,000	じゅうまん	十万
30	さんじゅう	三十	1,000,000	ひゃくまん	百万
40	よんじゅう	四十	10,000,000	せんまん	千万
50	ごじゅう	五十	100,000,000	いちおく	一億
60	ろくじゅう	六十	1/2	にぶんのいち	二分の一

文型

1. （ここ／そこ／あそこ）　は　〜　です。

2. 〜　は　ここ／そこ／あそこ　です。

3. 〜　は　〜　です。

4. 〜　は　〜　ですか、〜　ですか。

5. 〜　は　〜　(円)です。

◀例文▶

1. ここは営業部です。

   A: あそこは事務室ですか。

   B: はい、そうです。

   A: あそこは何ですか。

   B: あそこは受付です。

2. 事務室はここです。

   A: 海外部はどこですか。

   B: 三階です。

   A: 受付はどちらですか。

B：受付はあちらです。

A：会社はどちらですか。

B：台中技研です。

3．それは日本の時計です。

A：それはどこのCDですか。

B：日本のCDです。

4．A：会議室は一階ですか、二階ですか。

B：二階です。

5．うちの電話番号は3234の5567です。

A：海外部の電話番号は何番ですか。

B：5347の2689です。

本文 1

郭　　　：あのう、すみませんが、ホテルメトロポリタンはどこですか。

日本人：ホテルメトロポリタンですか。あそこですよ。

郭　　　：ああ、そうですか。どうもありがとうございました。

日本人：いいえ、どういたしまして。

本文 2

郭 ： すみませんが、営業部はここですか。

受付： はい、そうです。

郭 ： わたしは台湾貿易会社の郭と申します。

山田部長と十時の約束です。

受付： 山田部長ですね。

郭 ： はい、そうです。

受付： 少々お待ちください。

本文 3

細井: 川崎さん、すみませんが、台湾関係の資料はどこですか。

川崎: キャビネットの中です。

細井: どこですか。

川崎: そこです。そのファイルの下です。

細井: ああ、ここですか。どうも。

x

本文 4

劉　：御社の電話番号は何番ですか。

土井：2348の5679です。

劉　：2348の5679ですね。

土井：はい、そうです。

劉　：ファックス番号は。

土井：ファックス番号は2348の5276です。

劉　：2348の5267ですね。

土井：いいえ、違います。5276です。

劉　：はい、わかりました。ありがとうございました。

◀練習Ａ▶

1.

ここ そこ　　は　何　ですか。 あそこ	そこ ここ　　は　〜です。 あそこ

　Q.

　　ここ

　　そこ　　は　何　ですか。

　　あそこ

　A.

　　そこ　　　　会議室

　　ここ　　は　**秘書室**　です。

　　あそこ　　　談話室

2.

〜　は　どこ　ですか。	〜　は　ここ／そこ／あそこ　です。

　Q.

　　東京銀行

　　第一ホテル　　は　どこ　ですか。

　　サンケイビル

A.

東京銀行		ここ	
第一ホテル	は	そこ	です。
サンケイビル		あそこ	

3.

〜 は どちら ですか。	こちら／そちら／あちら です。

Q.

駅			
住友銀行	は	どちら	ですか。
通産省			

A.

駅		こちら	
住友銀行	は	そちら	です。
通産省		あちら	

4.

〜 は 〜ですか、〜ですか。	〜 は 〜です。

Q. ここは会議室ですか、社長室ですか。

A. 社長室です。

5.

〜　は　何番　ですか。	〜　は　〜です。

Q.

お宅の		
営業部の	電話番号	は　何番ですか。
田中さんの		

A.

うちの		(02)2256の9874	
営業部の	電話番号	は	(03)3326の5476	です。
田中さんの		(03)3241の3896	

◀練習B▶

1. 例: ここ・営業部⇨　ここは営業部です。

(1) あそこ・事務室⇨

(2) 総務部・ここ⇨

(3) 銀行・あそこ⇨

(4) 秘書室・六階⇨

(5) 受付・あそこ⇨

(6) ここ・カメラ・売り場⇨

(7) 会社案内・あそこ⇨

(8) ここ・三階⇨

(9) 会議室・あそこ⇨

(10) あそこ・課長・席⇨

2. 例: 紳士服の売り場はどこですか。(あそこ)

　　⇨　あそこです。

(1) 電話はどこですか。(あそこ)

　　⇨ _____

(2) 事務室はどこですか。(ここ)

　　⇨ _____

(3) 営業部はどこですか。(あそこ)

　　⇨ _____

(4) 課長の席はどこですか。(そこ)

　　⇨ _____

(5) トイレはどこですか。(あそこ)

　　⇨ _____

3. 例: それはどこのVCDですか。

　　　⇨　これはアメリカのVCDです。

(1) あれはどこのカメラですか。(日本)

　　⇨ _____

(2) これはどこの自動車ですか。(ドイツ)

　　⇨ _____

(3) それはどこの雑誌ですか。(アメリカ)

　　⇨ _____

(4) あの人はどこの人ですか。(マレーシア)

　　⇨ _____

(5) あの人はどこの会社の人ですか。(松下電気)

　　⇨ _____

(6) 石井さんはどこの部ですか。(企画部)

　　⇨ _____

4. 例: 会議室は一階ですか、二階ですか。(二階)

　　　⇨　二階です。

(1) あの人は松本さんですか、吉原さんですか。

⇨＿＿＿＿＿＿＿＿＿＿＿＿＿＿＿＿＿＿＿＿＿＿

(2) あれはデパートですか、スーパーですか。

⇨＿＿＿＿＿＿＿＿＿＿＿＿＿＿＿＿＿＿＿＿＿＿

(3) 中山さんは営業部の社員ですか、企画部の社員ですか。

⇨＿＿＿＿＿＿＿＿＿＿＿＿＿＿＿＿＿＿＿＿＿＿

(4) あそこは会議室ですか、資料室ですか。

⇨＿＿＿＿＿＿＿＿＿＿＿＿＿＿＿＿＿＿＿＿＿＿

(5) そこは事務室ですか、会議室ですか。

⇨＿＿＿＿＿＿＿＿＿＿＿＿＿＿＿＿＿＿＿＿＿＿

例: 林さんの電話番号は何番ですか。

⇨ 2246の3569です。

(1) お宅の電話番号は何番ですか。

⇨＿＿＿＿＿＿＿＿＿＿＿＿＿＿＿＿＿＿＿＿＿＿

(2) 学校の電話番号は何番ですか。

⇨＿＿＿＿＿＿＿＿＿＿＿＿＿＿＿＿＿＿＿＿＿＿

(3) 会社の電話番号は何番ですか。

⇨＿＿＿＿＿＿＿＿＿＿＿＿＿＿＿＿＿＿＿＿＿＿

(4) 中国信託銀行のフリーダイヤルは何番ですか。(080-001-234)

⇨＿＿＿＿＿＿＿＿＿＿＿＿＿＿＿＿＿＿＿＿＿＿

(5) 日本アジア航空のフリーダイヤルは何番ですか。(01-2074-7801)

⇨＿＿＿＿＿＿＿＿＿＿＿＿＿＿＿＿＿＿＿＿＿＿

◀会話練習▶

1．A：すみません。<u>受付</u>はどこですか。

　　B：<u>受付</u>ですか。<u>受付</u>は一階です。

　　A：どうもありがとう。

　　B：どういたしまして。

2．A：それはどこの<u>新聞</u>ですか。

　　B：これですか。これは<u>日本</u>の<u>新聞</u>です。

3．A：<u>林</u>さん、はじめまして。

　　B：あ、はじめまして。（わたしは）<u>林</u>です。どうぞよろしくお願いします。

　　　　失礼ですが、お名前は（何ですか）。

　　A：あ、（わたしは）<u>簡</u>です。どうぞよろしくお願いします。

　　　　<u>林</u>さんは　<u>日本人</u>ですか。

　　B：はい、<u>日本人</u>です。<u>簡</u>さん、お国は（どちらですか）。

　　A：台湾です。

　　B：そうですか。

4．A：福岡の市外局番は何番ですか。

　　B：092です。

◀商務知識▶

<u>日本概観</u>（1995年）

国土面積／37万3,000km²

人口／約1億2,557万人

首都／東 京

主要都市／大阪、横浜、名古屋、京 都、札幌、福岡

通貨／円

労働力人口／約6,610万人

第 五 課 事務所に渡辺部長がいますか

◀語彙▶

1. に	（助）	表事物存在的場所。相當於中文介詞的「在」。
2. が	（助）	が是格助詞。表其前面的名詞在句中是當主格。
3. ② います		表有生命的人或動物的存在。相當於中文的「有、在」。
4. ③ あります		表無生命事物的存在。相當於中文的「有、在」。
5. ⓪ 村山 <small>むらやま</small>	（名）	村山(日本人的姓氏)。
6. ⓪ 藤井 <small>ふじい</small>	（名）	藤井(日本人的姓氏)。
7. ⓪ 隣 <small>となり</small>	（名）	隔壁，旁邊(距基準點最近的兩側)。
8. ⓪ 横 <small>よこ</small>	（名）	旁邊(基準點的左右兩側)。
9. ⓪ 新井 <small>あらい</small>	（名）	新井(日本人的姓氏)。
10. ② コピー機 <small>き</small>	（名）	影印機。
11. 誰かいますか <small>だれ</small>		第一個「か」表不確定，第二個「か」表疑問。
12. ⓪ 近藤 <small>こんどう</small>	（名）	近藤(日本人的姓氏)。
13. ⓪ 引出し <small>ひきだ</small>	（名）	抽屜。
14. 何もありません <small>なに</small>		疑問詞＋も＋否定，表完全否定，全面否定。譯成「什麼都沒有」。

15.	ね	（助）	在此含有「確認」之功能。
16.	誰もいません		同前，疑問詞＋も＋否定，表完全否定，全面否定。譯成「沒有任何人在」。
17.	③ それでは	（接）	那麼。
18.	⓪ 金型	（名）	模具。
19.	④ 加工工場	（名）	加工工場。
20.	～くらい、～ぐらい	（名）	大約～，～左右。
21.	⓪ 大卒	（名）	大學畢業。
22.	① ホテル	（名）	hotel，旅館。
23.	③ 映画館	（名）	電影院。
24.	⓪ バス停	（名）	公車站。
25.	⓪ 主任	（名）	主任。
26.	② 紙	（名）	紙張。
27.	④ お客さん	（名）	客人。
28.	⓪ テーブル	（名）	table，桌子。
29.	② 機械	（名）	機械。
30.	③ 設計図	（名）	設計圖。
31.	⑤ 貿易センター	（名）	貿易中心。
32.	① レストラン	（名）	restaurant，西餐廳。
33.	⑤ 資料室	（名）	資料室。
34.	⓪ この辺	（名）	這附近。
35.	⓪ コンビニエンス・ストア	（名）	convenience store，便利商店。
36.	① オフィス	（名）	office，辦公室。

37.	⓪	坂本 ^{さかもと}	（名）	坂本(日本人的姓氏)。
38.	①	専務 ^{せん む}	（名）	常務董事。
39.	①	地下 ^{ち か}	（名）	地下。
40.	⓪	駐車場 ^{ちゅうしゃじょう}	（名）	停車場。
41.	②	近く ^{ちか}	（名）	附近。
42.	②	花屋 ^{はな や}	（名）	花店。
43.	⑥	自動販売機 ^{じ どうはんばい き}	（名）	自動販賣機。
44.	③	商店街 ^{しょうてんがい}	（名）	商店街。
45.	⓪	寺村 ^{てらむら}	（名）	寺村(日本人的姓氏)。
46.	⓪	フロッピー	（名）	floppy，磁碟片。
47.	④	安田ビル ^{やす だ}	（名）	安田大廈。
48.	⓪	高津 ^{たか つ}	（名）	高津(日本人的姓氏)。

位置の表し方
^{い ち　あらわ　かた}

名詞＋の＋	上（上面） 中（裡面） 下（下面） 側（旁邊） 横（旁邊） 隣（旁邊） 前（前面） 後ろ（後面） 右（右邊） 左（左邊）	＋に

1. ～ に ～ が あります。

2. ～ に ～ が います。

3. ～ に ～ か いますか／ありますか。

4. ～ に ～ も いません／ありません。

◀例文▶

1. 事務室に村山さんがいます。

   A：会議室に誰がいますか。

   B：北村部長がいます。

2. 藤井さんの隣に新井さんがいます。

   A：電話の横に誰がいますか。

   B：吉田さんがいます。

3. あそこにコピー機があります。

   A：どこに電話がありますか。

   B：三階にあります。

4. つくえの上に書類があります。

　　A：どこにワープロがありますか。

　　B：事務室にあります。

5. A：応接室に誰かいますか。

　　B：はい、います。近藤さんがいます。

6. A：引出しの中に何かありますか。

　　B：いいえ、何もありません。

〈本文　1〉

陳　　：すみません。渡辺部長、いますか。

社員：いますよ。

陳　　：そうですか。部長室はどこですか。

社員：あそこに応接室がありますね。

陳　　：はい。

社員：部長室はその隣の部屋です。

陳　　：そうですか。どうもありがとうございました。

社員：いいえ、どういたしまして。

本文 2

部長：応接室に誰かいますか。

秘書：はい、います。

部長：会議室は。

秘書：会議室には、誰もいません。

部長：それでは、お客さんを会議室に。

秘書：はい、わかりました。

秘書：……どうぞこちらへ。

本文 3

陳　：この建物は何ですか。

渡辺：金型の加工工場です。

陳　：職員は何人ぐらいいますか。

渡辺：九十人ぐらいいます。

陳　：大卒が何人ぐらいいますか。

渡辺：六十人ぐらいいます。

◀練習A▶

1.

～に　～がありますか	はい、あります いいえ、ありません

Q.

東京駅の近く｜に　ホテル
デパート　が｜ありますか。
映画館
バス停

A₁.

はい、あります。

A₂.

いいえ、ありません。

2.

～に　～がいますか	はい、います いいえ、いません

Q.

会議室の中｜に　部長
課長　が｜いますか。
主任
係長

A_1.

はい、います。

A_2.

いいえ、いません。

3.

〜に 何かありますか	はい、あります
	いいえ、ありません（いいえ、何もありません）

Q.

机の上に何かありますか。

A_1.

はい、あります。紙と書類があります。

A_2.

いいえ、ありません。（いいえ、何もありません。）

4.

〜に 誰かいますか	はい、います
	いいえ、いません（いいえ、誰もいません）

Q.

応接室の中に誰かいますか。

A₁.

はい、います。お客さんがいます。

A₂.

いいえ、いません。（いいえ、誰もいません。）

5.

〜に 何がありますか	（〜に）〜があります

Q₁.

テーブルの上に何がありますか。

A₁.

機械の設計図があります。

Q₂.

貿易センターの中に何がありますか。

A₂.

事務所や銀行やレストランなどがあります。

1. 例：事務室・松本さん⇒ 事務室に松本さんがいます。

   (1) 会社・日本人の社員⇒

   (2) 資料室・部長と石井さん⇒

   (3) このへん・コンビニエンス・ストア⇒

   (4) 駅・前・銀行⇒

   (5) 応接室・お客⇒

   (6) このビル・中・銀行やオフィス⇒

   (7) 総務部・山田課長⇒

   (8) トイレ・横・電話⇒

2. 例：事務所に誰がいますか。（坂本さん）

   　⇒ 坂本さんがいます。

   (1) 会議室に誰がいますか。（専務と山本さん）

   　　⇒ _____

   (2) 社長室に誰がいますか。（秘書）

   　　⇒ _____

   (3) 地下に何がありますか。（駐車場）

   　　⇒ _____

   (4) 会社の近くに何がありますか。（銀行）

   　　⇒ _____

(5) このファイルの中に何がありますか。（会議の資料）

⇒ _____

3．例: どこに花屋がありますか。（病院の近く）

⇒ 病院の近くに（花屋が）あります。

(1) どこにレストランがありますか。（駅の前）

⇒ _____

(2) どこに自動販売機がありますか。（廊下）

⇒ _____

(3) どこに電話がありますか。（受付）

⇒ _____

(4) どこに銀行がありますか。（あのビルの一階）

⇒ _____

(5) どこにスーパーがありますか。（商店街）

⇒ _____

4．例: 資料室に誰かいますか。

⇒ はい、います。寺村さんがいます。

(1) 会議室に誰かいますか。（部長と課長）

⇒ _____

(2) あの部屋に誰かいますか。（いいえ）

⇒ _____

(3) キャビネットの横に何かありますか。（コピー機）

    ⇨ _____

(4) フロッピーの中に何かありますか。（いいえ）

    ⇨ _____

(5) そのファイルの中に何かありますか。（いいえ）

    ⇨ _____

◀会話練習▶

1. A： あそこに<u>ビル</u>がありますね。

   B： ええ。

   A： あれは<u>何</u>ですか。

   B： あれは<u>安田ビル</u>です。

2. A： ここに<u>高津さん</u>、いますか。

   B： <u>高津さん</u>ね。

   A： ええ。

   B： <u>二階の事務室</u>です。

   A： そうですか。ありがとう。

3. A： <u>応接室</u>に誰かいますか。

   B： はい、<u>石井さん</u>がいます。

   A： そうですか。

日本の面積と地方区分

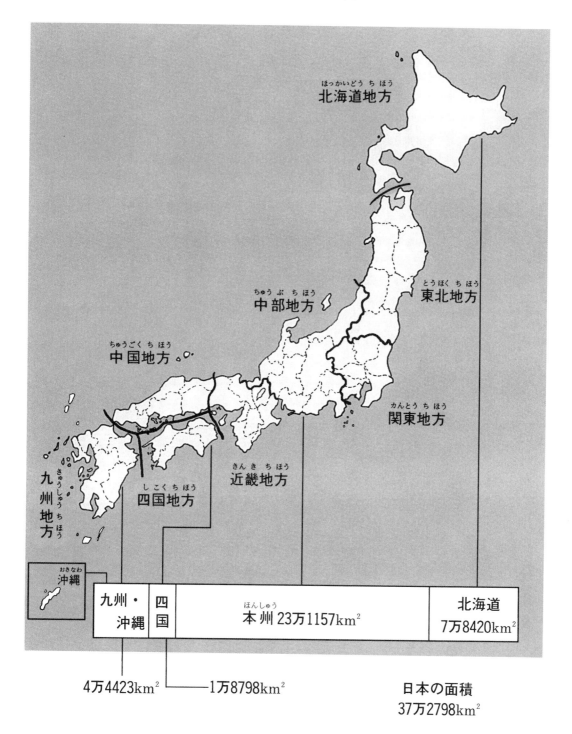

北海道地方

中部地方

東北地方

中国地方

関東地方

九州地方

四国地方

近畿地方

沖縄

九州・沖縄	四国	本州 23万1157km²	北海道 7万8420km²

4万4423km²　　　1万8798km²

日本の面積
37万2798km²

◀語彙▶

1. ⓪ 机 <ruby>つくえ</ruby> （名） 桌子。

2. ① 星野 <ruby>ほしの</ruby> （名） 星野（日本人的姓氏）。

3. ⓪ 大阪 <ruby>おおさか</ruby> （名） 大阪（日本的第二大都市）。

4. ① 郊外 <ruby>こうがい</ruby> （名） 郊外。

5. ② ご家族 <ruby>かぞく</ruby> 「ご」為接頭語，接漢語體言之上，表示尊敬。「家族」中譯為「家人」或「家族」。

6. ① 妻 <ruby>つま</ruby> （名） 妻子。

7. ③ 男の子 <ruby>おとこ こ</ruby> （名） 男孩子。

8. ③ 女の子 <ruby>おんな こ</ruby> （名） 女孩子。

9. ⓪ みんな （名） 大家，全部。

10. ① 夫婦 <ruby>ふうふ</ruby> （名） 夫婦。

11. ③ 共稼ぎ <ruby>ともかせ</ruby> （名） 夫妻倆人都在賺錢。

12. ① 家内 <ruby>かない</ruby> （名） 謙稱自己的妻子。內人。

13. ④ すみません （名） 對不起。

14. ⓪ 三井ビル <ruby>みつい</ruby> （名） 三井大廈。

15. ⓪ 文房具屋 <ruby>ぶんぼうぐ や</ruby> （名） 文具店。

16. ⓪ 向かい <ruby>む</ruby> （名） 對面。

17. ⓪ 右側 <ruby>みぎがわ</ruby> （名） 右側。

18. ⑤ 第一ホテル <ruby>だいいち</ruby> （名） 第一大飯店。

19. ④ 紀伊国屋 <ruby>紀伊国屋<rt>き の くにや</rt></ruby> （名） 紀伊國屋（日本的書店名）。

20. ⓪ <ruby>岩田<rt>いわ だ</rt></ruby> （名） 岩田（日本人的姓氏）。

21. ⓪ <ruby>佐々木<rt>さ さ き</rt></ruby> （名） 佐佐木（日本人的姓氏）。

22. ③ <ruby>研究室<rt>けんきゅうしつ</rt></ruby> （名） 研究室。

23. ① <ruby>角<rt>かど</rt></ruby> （名） 角落。

24. ⓪ <ruby>入口<rt>いりぐち</rt></ruby> （名） 入口。

25. ① <ruby>本棚<rt>ほんだな</rt></ruby> （名） 書架。

26. ① ホチキス （名） 訂書機。

27. ⑥ <ruby>自動販売機<rt>じ どうはんばい き</rt></ruby> （名） 自動販賣機。

28. ① <ruby>外<rt>そと</rt></ruby> （名） 外面。

29. ② レポート （名） 報告書。

30. ⓪ <ruby>山下<rt>やました</rt></ruby> （名） 山下（日本人的姓氏）。

31. ⓪ <ruby>本館<rt>ほんかん</rt></ruby> （名） 本館。

32. ② <ruby>ごみ箱<rt>ばこ</rt></ruby> （名） 垃圾桶。

33. ⓪ <ruby>村田<rt>むら た</rt></ruby> （名） 村田（日本人的姓氏）。

34. ④ <ruby>社員食堂<rt>しゃいんしょくどう</rt></ruby> （名） 員工餐廳。

35. ⓪ <ruby>左側<rt>ひだりがわ</rt></ruby> （名） 左側。

36. ① <ruby>勝也<rt>かつ や</rt></ruby> （名） 勝也（日本人的姓氏）。

37. ① <ruby>千葉<rt>ち ば</rt></ruby> （名） 千葉（日本的地名）。

38. ⓪ <ruby>廊下<rt>ろう か</rt></ruby> （名） 走廊。

39. ⓪ <ruby>突き当たり<rt>つ あ</rt></ruby> （名） 盡頭。

40. ① <ruby>天野<rt>あま の</rt></ruby> （名） 天野（日本人的姓氏）。

41. ⓪ <ruby>岡本<rt>おかもと</rt></ruby> （名） 岡本（日本人的姓氏）。

42. ④ 大華証券　　　　（名）　　大華證券公司。
43. ⓪ 助手　　　　　　（名）　　助理。
44. ③ 郵便局　　　　　（名）　　郵局。
45. ③ はさみ　　　　　（名）　　剪刀。

◀商務知識▶

日本の九大商社

三菱商事	日商岩井	伊藤忠商事
三井物産	トーメン	丸紅
住友商事	ニチメン	兼松

家族の呼び方

普通体 （わたしの〜）		丁寧体 （あなたの〜、あのかたの〜）		中国語の意味
かぞく	家族	ごかぞく	御家族	家人、家屬
りょうしん	両親	ごりょうしん	御両親	父母、雙親
ちち	父	おとうさん	お父さん	父親
はは	母	おかあさん	お母さん	母親
きょうだい	兄弟	ごきょうだい	御兄弟	兄弟姐妹
しまい	姉妹	ごしまい	御姉妹	姐妹
あに	兄	おにいさん	お兄さん	哥哥
あね	姉	おねえさん	お姉さん	姐姐
おとうと	弟	おとうとさん	弟さん	弟弟
いもうと	妹	いもうとさん	妹さん	妹妹
そふぼ	祖父母	———		祖父母
そふ	祖父	おじいさん	お祖父さん	祖父
そぼ	祖母	おばあさん	お婆さん	祖母
しんせき	親戚	ごしんせき	御親戚	親戚
しんるい	親類	ごしんるい	御親類	親戚
おじ	伯（叔）父	おじさん	伯（叔）父さん	伯伯、叔叔、舅父等
おば	伯（叔）母	おばさん	伯（叔）母さん	姑姑、嬸嬸、舅母等
ふうふ	夫婦	ごふうふ	御夫婦	夫婦
しゅじん	主人	ごしゅじん	ご主人	丈夫
おっと	夫	ごしゅじん	ご主人	丈夫
つま	妻	おくさん	奥さん	妻子
かない	家内	おくさん	奥さん	妻子
むすこ	息子	むすこさん	息子さん	兒子
むすめ	娘	むすめさん	娘さん	女兒

文型

1. ～　は　～にあります。

2. ～　は　～にいます。

3. ～　は　～です。

◀例文▶

1. 書類は机の上にあります。

   A：受付はどこにありますか。

   B：一階にあります。

2. 星野さんは事務所にいます。

   A：石井さんはどこにいますか。

   B：資料室にいます。

3. トイレは三階です。

   A：会社はどちらですか。

   B：東京です。／伊藤忠です。

本文 1

李　　：木村さんの故郷は東京ですか。

木村：いいえ、大阪です。

李　　：大阪の市内ですか。

木村：いいえ、大阪の郊外にあります。李さんのうちは。

李　　：わたしのうちは台南にあります。

木村：台南は高雄の南ですか。

李　　：いいえ、台南は高雄の北にあります。

木村：ご家族は何人ですか。

李　　：妻と男の子が一人、女の子が一人、みんなで四人います。

木村：夫婦共稼ぎですか。

李　　：はい、家内は銀行員です。

本文 2

葉　　：すみません。

水野：はい、何ですか。

葉　　：三井ビルはどこにありますか。

水野：あそこに銀行がありますね。

葉　　：はい。

水野：あの銀行のすぐ隣のビルです。

◀練習Ａ▶

1.

〜　は　どこにありますか。	（〜　は）　〜にあります。

Q.

銀行				
郵便局				
文房具屋	は	どこ	に	ありますか。
デパート				
第一ホテル				

A.

銀行		駅の**前**		
郵便局		駅のそば		
文房具屋	は	郵便局の**向かい**	に	あります。
デパート		そのビルの**右側**		
第一ホテル		紀伊国屋の**近く**		

2.

〜　は　どこにいますか。	（〜　は）　〜にいます。

Q.

部長				
岩田先生	は	どこ	に	いますか。
佐々木さん				

A.

| 部長 | | 社長室 | |
| 岩田先生 | は | 研究室 | に | います。
| 佐々木さん | | 秘書室 | |

3.

| 〜　は　どこですか。 | （〜　は）〜です。 |

Q.

| 電話 | | |
| 受付 | は | どこですか。
| 海外部 | | |

A.

| 電話 | | あの角 | |
| 受付 | は | 入口の右側 | です。
| 海外部 | | 二階 | |

4.

| 〜　は　どちらですか。 | （〜　は）〜です。 |

Q.

| お宅 | | |
| 会社 | は | どちらですか。
| 営業部 | | |

A.

わたしのうち	高雄	
わたしの会社　は	大阪	です。
営業部	会議室のむかい	

◀練習B▶

1. 例A：書類・本棚・上⇒　書類は本棚の上にあります。

　　　B：部長・会議室⇒　部長は会議室にいます。

　(1) ファイル・棚・中⇒

　(2) 石井さん・応接室⇒

　(3) 電話・受付・横⇒

　(4) 資料・引出し・中⇒

　(5) 林さん・三階・305号室⇒

　(6) 田中さん・席・石川さん・隣⇒

　(7) 秘書・受付⇒

　(8) 山田部長と田中さん・事務室⇒

　(9) ホチキス・テーブル・上⇒

　(10) 自動販売機・部屋・外⇒

2. 例A：上田さんはどこにいますか。（事務室）

　　　　⇒（上田さんは）事務室にいます。

　　　B：電話はどこにありますか。（受付の前）

　　　　⇨（電話は）受付の前にあります。

(1) レポートはどこにありますか。（引出しの中）

　　　⇨ _____

(2) 山下課長はどこにいますか。（事務室）

　　　⇨ _____

(3) 社長はどこにいますか。（本館）

　　　⇨ _____

(4) ごみ箱はどこにありますか。（机の下）

　　　⇨ _____

(5) 専務と村田さんはどこにいますか。（応接室）

　　　⇨ _____

3. 例: トイレはどこですか。

　　　　⇨（トイレは）三階です。

(1) 社員食堂はどこですか。（二階）

　　　⇨ _____

(2) 駐車場はどこですか。（地下）

　　　⇨ _____

(3) 山本さんの会社はどこですか。（新宿）

　　　⇨ _____

(4) 受付はどこですか。（入口の左側）

　　　⇨ _____

(5) 勝也さんはどこですか。（会議室）

⇒ _____

4．例：会社はどちらですか。（東京）

⇒ （会社は）東京です。

(1) 住まいはどちらですか。（千葉）

⇒ _____

(2) お手洗いはどちらですか。（あちら）

⇒ _____

(3) 企画部はどちらですか。（廊下の突き当たりのところ）

⇒ _____

(4) 天野さんの席はどちらですか。（その席の前）

⇒ _____

(5) 岡本さんはどちらですか。（コンピューター室）

⇒ _____

5．例：トイレ・三階⇒ トイレは三階です。

(1) 電話・入口・左側⇒

(2) 私・会社・駅・近く⇒

(3) 林さん・社長室⇒

(4) 大華証券・私・会社・向かい側⇒

(5) 助手・研究室⇒

◀会話練習▶

1. A：すみません。この近くに<u>郵便局</u>がありますか。

　　B：<u>郵便局</u>ね。

　　A：ええ。

　　B：あそこに<u>銀行</u>がありますね。

　　A：<u>郵便局</u>はあの<u>銀行の隣</u>にありますよ。

　　B：ありがとうございました。

2. A：こちらに<u>課長</u>、いますか。

　　B：いいえ、<u>課長</u>はここにいません。

　　A：じゃ、<u>課長</u>はどこですか。

　　B：<u>課長</u>は<u>部長室</u>ですよ。

3. A：<u>はさみ</u>はどこにありますか。

　　B：<u>その机の上</u>にありますよ。

　　A：どこですか。

　　B：<u>その紙の下</u>です。

第七課　社員が何人いますか

◀語彙▶

1.	① コピー	（名）	影印。
2.	① 生徒	（名）	高中以下的學生。
3.	⓪ 高田	（名）	高田(日本人的姓氏)。
4.	① ペン	（名）	pen，筆。
5.	④ 違います	（名）	「違う」的敬體，在此表示「不是」之意。
6.	② 機械	（名）	機器。
7.	① 全部	（名）	全部。
8.	① ドイツ	（名）	德國。
9.	⓪ 橋本	（名）	橋本(日本人的姓氏)。
10.	① 兄弟	（名）	兄弟姐妹。
11.	③ 何番目	（名）	排第幾。
12.	④ 弟	（名）	弟弟。
13.	④ 妹	（名）	妹妹。
14.	⓪ お子さん	（名）	稱呼對方的小孩。
15.	① いくつ	（名）	幾歲。
16.	③ かわいい	（形）	可愛。
17.	④ 電子手帳	（名）	電子手冊(記事簿)。
18.	④ ガイドブック	（名）	guide book，指南，入門書。
19.	⓪ 子供	（名）	小孩。
20.	④ 外国人	（名）	外國人。

21. ③ 観光客 （名） 觀光客。

22. ③ 風邪薬 （名） 感冒藥。

23. ④ 作業員 （名） 作業員。

24. ① 本社 （名） 總公司。

25. ② 図書室 （名） 圖書室。

26. ⓪ 蔵書 （名） 藏書。

27. ① 倉庫 （名） 倉庫。

28. ③ 段ボール （名） 紙箱。

29. ⓪ ボールペン （名） ball pen，原子筆。

30. ⑤ 日経新聞 （名） 日經新聞（日本的經濟專業報紙）。

31. ① ジュース （名） juice，果汁。

32. ① メロン （名） melon，香瓜。

33. ③ コーヒー （名） coffee，咖啡。

34. ⓪ 葉書 （名） 明信片。

（一）助数詞の表し方 1

	人 ひと	もの	枚 まい	本 ほん	冊 さつ	才 さい	円 えん	元 げん	番 ばん
1	一人 ひとり	一つ ひと	一枚 いちまい	一本 いっぽん	一冊 いっさつ	一才 いっさい	一円 いちえん	一元 いちげん	一番 いちばん
2	二人 ふたり	二つ ふた	二枚 にまい	二本 にほん	二冊 にさつ	二才 にさい	二円 にえん	二元 にげん	二番 にばん
3	三人 さんにん	三つ みっ	三枚 さんまい	三本 さんぼん	三冊 さんさつ	三才 さんさい	三円 さんえん	三元 さんげん	三番 さんばん
4	四人 よにん	四つ よっ	四枚 よんまい	四本 よんほん	四冊 よんさつ	四才 よんさい	四円 よえん	四元 よげん	四番 よんばん
5	五人 ごにん	五つ いつ	五枚 ごまい	五本 ごほん	五冊 ごさつ	五才 ごさい	五円 ごえん	五元 ごげん	五番 ごばん
6	六人 ろくにん	六つ むっ	六枚 ろくまい	六本 ろっぽん	六冊 ろくさつ	六才 ろくさい	六円 ろくえん	六元 ろくげん	六番 ろくばん
7	七人 ななにん	七つ なな	七枚 ななまい	七本 ななほん	七冊 ななさつ	七才 ななさい	七円 ななえん	七元 ななげん	七番 ななばん
8	八人 はちにん	八つ やっ	八枚 はちまい	八本 はっぽん	八冊 はっさつ	八才 はっさい	八円 はちえん	八元 はちげん	八番 はちばん
9	九人 きゅうにん	九つ ここの	九枚 きゅうまい	九本 きゅうほん	九冊 きゅうさつ	九才 きゅうさい	九円 きゅうえん	九元 きゅうげん	九番 きゅうばん
10	十人 じゅうにん	十 とお	十枚 じゅうまい	十本 じっぽん	十冊 じっさつ	十才 じっさい	十円 じゅうえん	十元 じゅうげん	十番 じゅうばん
	何人 なんにん	いくつ	何枚 なんまい	何本 なんぼん	何冊 なんさつ	何才 なんさい	いくら	いくら	何番 なんばん
中 文	（人）	（個）	薄的東西 （張、枚）	細長的東西 （枝、條、根）	（冊）	（歲）	日幣	臺幣 （元）	順序 （號）

(二)助数詞の 表 し方 2

	杯 はい	回 かい	台 だい	匹 ひき	キロ	足 そく	階 かい	部 ぶ	個 こ
1	いっぱい 一杯	いっかい 一回	いちだい 一台	いっぴき 一匹	いち 一キロ	いっそく 一足	いっかい 一階	いちぶ 一部	いっこ 一個
2	にはい 二杯	にかい 二回	にだい 二台	にひき 二匹	に 二キロ	にそく 二足	にかい 二階	にぶ 二部	にこ 二個
3	さんばい 三杯	さんかい 三回	さんだい 三台	さんびき 三匹	さん 三キロ	さんぞく 三足	さんがい 三階	さんぶ 三部	さんこ 三個
4	よんはい 四杯	よんかい 四回	よんだい 四台	よんひき 四匹	よん 四キロ	よんそく 四足	よんかい 四階	よんぶ 四部	よんこ 四個
5	ごはい 五杯	ごかい 五回	ごだい 五台	ごひき 五匹	ご 五キロ	ごそく 五足	ごかい 五階	ごぶ 五部	ごこ 五個
6	ろっぱい 六杯	ろっかい 六回	ろくだい 六台	ろっぴき 六匹	ろっ 六キロ	ろくそく 六足	ろっかい 六階	ろくぶ 六部	ろっこ 六個
7	ななはい 七杯	ななかい 七回	ななだい 七台	ななひき 七匹	なな 七キロ	ななそく 七足	ななかい 七階	しちぶ 七部	ななこ 七個
8	はっぱい 八杯	はっかい 八回	はちだい 八台	はっぴき 八匹	はち 八キロ	はっそく 八足	はっかい 八階	はちぶ 八部	はっこ 八個
9	きゅうはい 九杯	きゅうかい 九回	きゅうだい 九台	きゅうひき 九匹	きゅう 九キロ	きゅうそく 九足	きゅうかい 九階	きゅうぶ 九部	きゅうこ 九個
10	じっぱい 十杯	じゅっかい 十回	じゅうだい 十台	じっぴき 十匹	じゅっ 十キロ	じゅそく 十足	じゅっかい 十階	じゅうぶ 十部	じゅっこ 十個
	なんばい 何杯	なんかい 何回	なんだい 何台	なんびき 何匹	なん 何キロ	なんぞく 何足	なんがい 何階	なんぶ 何部	なんこ 何個
中 文	用杯子 等盛的 飲料 （杯）	次數 （次）	車輛 機器 （臺）	狗貓等 小動物 （隻）	公斤 公里 	鞋襪等 腳穿的 東西 （雙）	建築物 的樓層 （樓）	書報 雜誌類 （册、本、 部） 	小的 東西 （個）

文型

1. 〜　が　〜(助数詞)あります。

2. 〜　が　〜(助数詞)います。

3. 〜　を　〜(助数詞)ください。

◀例文▶

1. コピーが三枚あります。

　A：パンフレットが何部ありますか。

　B：ここに十部ありますよ。

2. この学校に生徒が一万人います。

　A：高田さん、会社に社員が何人いますか。

　B：百人います。

3. A：家族は何人ですか。

　B：四人です。

4. そのペンを二本ください。

本文 1

佐藤：高さん、あなたの会社に社員が何人いますか。

高　：百人ぐらいいます。

佐藤：みんな中国人ですか。

高　：いいえ、違います。日本人もいます。

佐藤：そうですか。アメリカ人は。

高　：アメリカ人はいません。

本文 2

周　　：この工場に人が何人いますか。

小林：五百人ぐらいです。

周　　：機械が何台ありますか。

小林：百台あります。

周　　：全部日本製ですか。

小林：いいえ、ドイツ製もあります。

本文 3

橋本：羅さん、兄弟がいますか。

羅　：はい、六人います。

橋本：あなたは何番目ですか。

羅　：三番目です。上は兄と姉です。下は妹と弟です。橋本さんは。

橋本：弟が一人と妹が一人います。

本文 4

羅　：橋本さん、お子さんがいますか。

橋本：はい、ふたりいます。どちらも男の子です。羅さんは。

羅　：うちも二人います。上は男の子です。下は女の子です。

橋本：上のお子さんはいくつですか。

羅　：六才です。

橋本：可愛いですね。下の子はいくつですか。

羅　：三才です。

◀練習Ａ▶

1.

┌───┐
│　〜　が　〜(助数詞)あります。　　　　　　　│
└───┘

車　　　　　　　　二台
説明書　　　　　　五部
電子手帳　　　が　一つ　あります。
パソコン　　　　　十台
ガイドブック　　　三冊

2.

┌───┐
│　〜　が　〜(助数詞)います。　　　　　　　　│
└───┘

子供　　　　　　　三人
学生　　　　　　　五千人
社員　　　　　が　三百人　います。
外国人　　　　　　二人
外国の観光客　　　二千人

3.

> 〜　を　ください。

それ		
リンゴ		
この洋服	を	ください。
その時計		
風邪薬		

◀練習B▶

1. 例：A：この会社に社員が何人いますか。（百人）

　　　　⇒（この会社に社員が）百人います。

　　　B：この事務室にパソコンが何台ありますか。（八台）

　　　　⇒（この事務室にパソコンが）八台あります。

(1) 工場に作業員が何人いますか。（50）

　　⇒＿＿＿＿＿＿＿＿＿＿＿＿＿＿＿＿＿＿＿＿＿

(2) 本社に日本人が何人いますか。（3）

　　⇒＿＿＿＿＿＿＿＿＿＿＿＿＿＿＿＿＿＿＿＿＿

(3) そこに会社案内が何部ありますか。（6）

　　⇒＿＿＿＿＿＿＿＿＿＿＿＿＿＿＿＿＿＿＿＿＿

(4) 会議室に椅子がいくつありますか。（10）

　　⇒＿＿＿＿＿＿＿＿＿＿＿＿＿＿＿＿＿＿＿＿＿

(5) この図書室に蔵書が何冊ありますか。（2,000）

⇒ _____

2. 例： この会社・社員・百人⇒　この会社に社員が百人います。

(1) 社長室・秘書・二人⇒

(2) 書類・三枚⇒

(3) 応接室・お客さん・三人⇒

(4) 机・上・ファイル・四つ⇒

(5) この・部屋・ファックス・二台⇒

(6) 倉庫・中・段ボール・二十個⇒

(7) 資料・十五部⇒

(8) 事務室・電話機・何台⇒

(9) 名刺・三ケース⇒

⑽ 日本語・雑誌・何冊⇒

3. 例： あのボールペンをください。（二本）

⇒　あのボールペンを二本ください。

(1) 日経新聞をください。（1）

⇒ _____

(2) ジュースをください。（2）

⇒ _____

(3) メロンをください。（5）

⇒ _____

(4) コーヒーをください。(1)

　　⇒ _____

(5) この紙をください。(4)

　　⇒ _____

◀会話練習▶

1. A：ご家族は何人ですか。

　　B：四人です。

　　A：兄弟がいますか。

　　B：ええ、妹が一人います。

2. A：会議室に誰かいますか。

　　B：はい、国際部の人が三人います。

　　A：応接室にも誰かいますか。

　　B：いいえ、応接室には誰もいません。

3. A：この葉書はいくらですか。

　　B：これですか。300円です。

　　A：じゃ、五枚ください。

　　B：1,500円です。

◀商務知識▶

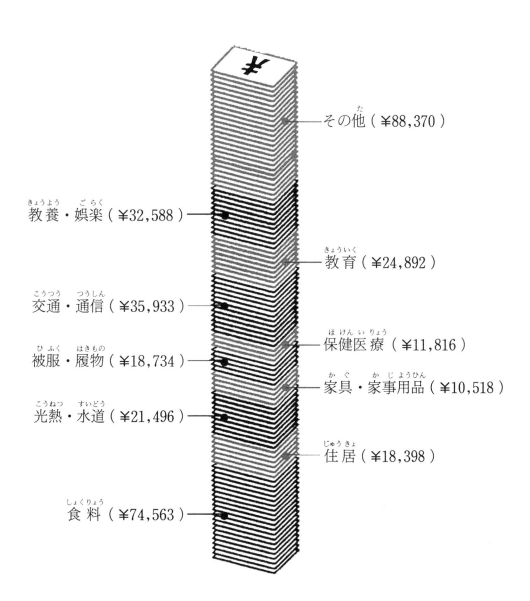

日本の家庭の1ヵ月の支出

（平成10年4月）

消費支出合計（¥337,308）

その他（¥88,370）

教養・娯楽（¥32,588）

教育（¥24,892）

交通・通信（¥35,933）

保健医療（¥11,816）

被服・履物（¥18,734）

家具・家事用品（¥10,518）

光熱・水道（¥21,496）

住居（¥18,398）

食料（¥74,563）

◀語彙▶

1.	⑤	生年月日 せいねんがっぴ	（名）	出生年月日。
2.	④	社員旅行 しゃいんりょこう	（名）	員工旅行。
3.	①	じゃあ	（接）	「では」的口語體。
4.	①	あと〜		再過〜日(天)。
5.	④	楽しみ たの	（名）	快樂。
6.	③	給料日 きゅうりょうび	（名）	發薪日。
7.	⑤	卒業旅行 そつぎょうりょこう	（名）	畢業旅行。
8.	③	クリスマス	（名）	Christmas，聖誕節。
9.	⑤	バレンタイン・デー	（名）	Valentine Day，情人節。
10.	⑥	ゴールデン・ウィーク	（名）	golden week，黃金週（日本四月底至五月初的連假）。
11.	①	バス	（名）	bus，巴士。
12.	①	納期 のうき	（名）	交貨期。
13.	⓪	転勤 てんきん	（名）	調動工作。
14.	⓪	休暇 きゅうか	（名）	休假。
15.	⓪	出張 しゅっちょう	（名）	出差。
16.	③	展示会 てんじかい	（名）	展示會。
17.	③	昼休み ひるやす	（名）	午休。
18.	①	パーティー	（名）	宴會。
19.	⓪	到着 とうちゃく	（名・自サ）	抵達、到達。

(一)年月日の数え方

年	月	日
一年　いちねん	一月　いちがつ	一日　ついたち
二年　にねん	二月　にがつ	二日　ふつか
三年　さんねん	三月　さんがつ	三日　みっか
四年　よねん	四月　しがつ	四日　よっか
五年　ごねん	五月　ごがつ	五日　いつか
六年　ろくねん	六月　ろくがつ	六日　むいか
七年　しちねん	七月　しちがつ	七日　なのか
八年　はちねん	八月　はちがつ	八日　ようか
九年　きゅうねん	九月　くがつ	九日　ここのか
十年　じゅうねん	十月　じゅうがつ	十日　とおか
十一年　じゅういちねん	十一月　じゅういちがつ	十一日　じゅういちにち
二十年　にじゅうねん	十二月　じゅうにがつ	十二日　じゅうににち
三十年　さんじゅうねん		十四日　じゅうよっか
四十年　よんじゅうねん		二十日　はつか
五十年　ごじゅうねん		三十日　さんじゅうにち
六十年　ろくじゅうねん		三十一日　さんじゅういちにち
何年　なんねん	何月　なんがつ	何日　なんにち

(二)時刻の 表し方

時	分	秒
一時　いちじ	一分　いっぷん	一秒　いちびょう
二時　にじ	二分　にふん	二秒　にびょう
三時　さんじ	三分　さんぷん	三秒　さんびょう
四時　よじ	四分　よんぷん	四秒　よんびょう
五時　ごじ	五分　ごふん	五秒　ごびょう
六時　ろくじ	六分　ろっぷん	六秒　ろくびょう
七時　しちじ　　ななじ	七分　ななふん　　しちふん	七秒　ななびょう　　しちびょう
八時　はちじ	八分　はっぷん	八秒　はちびょう
九時　くじ	九分　きゅうふん	九秒　きゅうびょう
十時　じゅうじ	十分　じっぷん　　じゅっぷん	十秒　じゅうびょう
十一時　じゅういちじ	十一分　じゅういっぷん	十一秒　じゅういちびょう
十二時　じゅうにじ	十五分　じゅうごふん	二十秒　にじゅうびょう
	二十分　にじっぷん　　にじゅっぷん	三十秒　さんじゅうびょう
何時　なんじ	何分　なんぷん	何秒　なんびょう

103

（三）期間の数え方（きかん かぞ かた）

〜年（間） ねん かん	〜ヵ月（間） げつ かん	〜週間 しゅうかん	〜日（間） にち かん	〜時間 じかん	〜分（間） ふん かん	〜秒（間） びょう かん
一年（間） いちねん かん	一ヵ月（間） いっ げつ かん	一週間 いっしゅうかん	一日 いちにち	一時間 いちじかん	一分（間） いっぷん かん	一秒（間） いちびょう かん
二年（間） に ねん かん	二ヵ月（間） に げつ かん	二週間 に しゅうかん	二日（間） ふつか かん	二時間 に じかん	二分（間） に ふん かん	二秒（間） に びょう かん
三年（間） さんねん かん	三ヵ月（間） さん げつ かん	三週間 さんしゅうかん	三日（間） みっか かん	三時間 さん じかん	三分（間） さんぷん かん	三秒（間） さんびょう かん
四年（間） よ ねん かん	四ヵ月（間） よん げつ かん	四週間 よんしゅうかん	四日（間） よっか かん	四時間 よん じかん	四分（間） よんぷん かん	四秒（間） よんびょう かん
五年（間） ご ねん かん	五ヵ月（間） ご げつ かん	五週間 ご しゅうかん	五日（間） いつか かん	五時間 ご じかん	五分（間） ご ふん かん	五秒（間） ご びょう かん
六年（間） ろくねん かん	六ヵ月（間） ろっ げつ かん	六週間 ろくしゅうかん	六日（間） むいか かん	六時間 ろくじかん	六分（間） ろっぷん かん	六秒（間） ろくびょう かん
七年（間） ななねん かん	七ヵ月（間） なな げつ かん	七週間 ななしゅうかん	七日（間） なの か かん	七時間 ななじかん	七分（間） なな ふん かん	七秒（間） ななびょう かん
八年（間） はちねん かん	八ヵ月（間） はっ げつ かん	八週間 はっしゅうかん	八日（間） ようか かん	八時間 はちじかん	八分（間） はっぷん かん	八秒（間） はちびょう かん
九年（間） きゅうねん かん	九ヵ月（間） きゅう げつ かん	九週間 きゅうしゅうかん	九日（間） ここの か かん	九時間 く じかん	九分（間） きゅうふん かん	九秒（間） きゅうびょう かん
十年（間） じゅうねん かん	十ヵ月（間） じっ げつ かん	十週間 じっしゅうかん	十日（間） とおか かん	十時間 じゅうじかん	十分（間） じっぷん かん	十秒（間） じゅうびょう かん
何年（間） なんねん かん	何ヵ月（間） なん げつ かん	何週間 なんしゅうかん	何日（間） なんにち かん	何時間 なんじかん	何分（間） なんぷん かん	何秒（間） なんびょう かん

どのぐらい

（四）時の数え方

	過去 ←		現在	→ 未来		
年	一昨年 （おととし）	去年 （きょねん）	今年 （ことし）	来年 （らいねん）	再来年 （さらいねん）	毎年、毎月、毎週 （まいとし、まいつき、まいしゅう）
月	先々月 （せんせんげつ）	先月 （せんげつ）	今月 （こんげつ）	来月 （らいげつ）	再来月 （さらいげつ）	毎日、毎朝、毎晩 （まいにち、まいあさ、まいばん）
週	先々週 （せんせんしゅう）	先週 （せんしゅう）	今週 （こんしゅう）	来週 （らいしゅう）	再来週 （さらいしゅう）	朝、昼、夜／晩 （あさ、ひる、よる／ばん）
日	一昨日 （おととい）	昨日 （きのう）	今日 （きょう）	明日 （あした）	あさって	今朝、夕方、今晩 （けさ、ゆうがた、こんばん）

（五）曜日の数え方

日曜日 （にちようび） （星期日）	月曜日 （げつようび） （星期一）	火曜日 （かようび） （星期二）	水曜日 （すいようび） （星期三）
木曜日 （もくようび） （星期四）	金曜日 （きんようび） （星期五）	土曜日 （どようび） （星期六）	何曜日 （なんようび） （星期幾）

1. ～　時です。

2. ～　は　～　年／月／日／曜日です。

3. ～　は　～　から／までです。

◀例文▶

1. いま五時半です。

    A：いま何時ですか。

    B：九時です。

2. 今年は1998年です。

    A：今日は何年何月何日ですか。

    B：1998年4月13日です。

    A：(あなたの)生年月日はいつですか。

    B：1970年4月10日です。

3. 明日は日曜日です。

    A：あさっては何日ですか。

    B：14日です。

4. 会社は九時からです。

    A：銀行は何時ですか。

    B：九時からです。

    A：郵便局は何時までですか。

    B：五時までです。

    A：会社は何曜日から何曜日までですか。

    B：月曜日から金曜日までです。

本文 1

宋　　：小島さん、会議はいつですか。

小島：八日ですよ。

宋　　：じゃ、来週の火曜日ですね。

小島：はい、そうです。

宋　　：何時からですか。

小島：十時からです。

本文 2

陸　　：伊藤さん、社員旅行はいつからですか。

伊藤：今週の土曜日からです。

陸　　：そうですか。じゃあ、あと五日ですね。

伊藤：ええ。

陸　　：いつまでですか。

伊藤：来週の火曜日までです。

陸　　：楽しみですね。

伊藤：ええ。

◀練習Ａ▶

1.

> ～　時　～　分です。

　　　　　　三時八分
　　いま　四時九分　　です。
　　　　　　八時二十分

2.

> ～　は　～　月／日／曜日です。

　あした　　　　一月一日金曜日
　今日　　　は　三月三日水曜日　　です。
　あさって　　　十一月八日火曜日

3.

> ～　は　いつですか。

　給料日
　卒業旅行
　クリスマス　　　　　は　いつですか。
　バレンタイン・デー
　ゴールデン・ウィーク

4.

~　は　~　から／までです。

バス		朝五時半		夜十一時半		
電車		朝五時		夜十二時		
学校	は	八時二十分	から	五時二十分	まで	です。
会社		九時三十分		五時三十分		
デパート		朝十一時		夜十時半		

◀練習B▶

1. 例：1：00⇒ いま、いちじです。（いま、一時です。）

(1) 9：30⇒   (11) 4：52⇒

(2) 7：10⇒   (12) 3：12⇒

(3) 2：16⇒   (13) 2：33⇒

(4) 6：03⇒   (14) 9：01⇒

(5)12：14⇒   (15) 7：43⇒

(6) 1：45⇒   (16)12：49⇒

(7)10：58⇒   (17)10：11⇒

(8) 8：27⇒   (18) 3：26⇒

(9) 5：04⇒   (19)12：50⇒

(10)11：20⇒   (20) 1：55⇒

2. 例：3／15⇒ さんがつ　じゅうごにち　（3月15日）

(1) 1／1 ⇒   (9)12／25⇒

(2) 5／3 ⇒   (10) 2／14⇒

(3)10／9 ⇒   (11) 7／2 ⇒

(4)11／8 ⇒   (12) 3／4 ⇒

(5) 8／10⇒   (13)11／7 ⇒

(6) 9／20⇒   (14) 3／28⇒

(7) 4／5 ⇒   (15) 9／6 ⇒

(8) 6／24⇒   (16) 4／12⇒

3．例：いま何時ですか。（九時）⇒　いま九時です。

(1) お誕生日はいつですか。（6月5日）

⇒ _____

(2) 転勤はいつですか。（12月）

⇒ _____

(3) 明日は何曜日ですか。（日曜日）

⇒ _____

(4) 納期はいつですか。（4月1日）

⇒ _____

(5) 会議は何日ですか。（20日）

⇒ _____

4．例：会議は何時からですか。（九時）

⇒　九時からです。

(1) 休暇は何日から何日までですか。（14日～20日）

⇒ _____

(2) 出張は何曜日から何曜日までですか。（火曜日～金曜日）

⇒ _____

(3) 展示会は何日から何日までですか。（3日～8日）

⇒ _____

(4) 昼休みは何時から何時までですか。（12時～1時）

⇒ _____

(5) 明日のパーティーは何時までですか。（〜8時）

　　　⇒ _____

5. 例: 3／15⇒ さんがつ　じゅうごにち　は　かようび　です。

　　　　　（3月15日は火曜日です。）

			3			
日	月	火	水	木	金	土
		1	2	3	4	5
6	7	8	9	10	11	12
13	14	15	16	17	18	19
20	21	22	23	24	25	26
27	28	29	30	31		

			4			
日	月	火	水	木	金	土
					1	2
3	4	5	6	7	8	9
10	11	12	13	14	15	16
17	18	19	20	21	22	23
24	25	26	27	28	29	30

(1) 3／8 ⇒

(2) 3／18⇒

(3) 4／23⇒

(4) 4／20⇒

(5) 3／24⇒

(6) 3／7 ⇒

(7) 4／10⇒

(8) 4／2 ⇒

(9) 3／4 ⇒

(10) 3／31⇒

(11) 4／6 ⇒

(12) 4／12⇒

(13) 3／1 ⇒

(14) 3／9 ⇒

(15) 4／14⇒

(16) 4／29⇒

◀会話練習▶

1. A：いま、何時ですか。

   B：九時半です。

   A：社長の到着は何時ですか。

   B：十時です。

   A：そうですか。

2. A：銀行は何時からですか。

   B：九時からです。

   A：何時までですか。

   B：三時までです。

◀商務知識▶

にほん　しゅくじつ

┌─ 日本の祝日（日本的節日）─────────────

1月 1日　元旦（がんたん）　　　　9月15日　敬老の日（敬老節）（けいろう　ひ）
1月15日　成人の日（成人節）（せいじん　ひ）　　9月23日　秋分の日（秋分）（しゅうぶん　ひ）
2月11日　建国記念日（建國紀念日）（けんこくきねんび）　　10月10日　体育の日（體育節）（たいいく　ひ）
3月21日　春分の日（春分）（しゅんぶん　ひ）　　11月 3日　文化の日（文化節）（ぶんか　ひ）
4月29日　緑の日（緑之日）（みどり　ひ）　　11月23日　勤労感謝の日（勞動節）（きんろうかんしゃ　ひ）
5月 3日　憲法記念日（憲法紀念日）（けんぽうきねんび）　　12月23日　天皇誕生日（天皇誕辰紀念日）（てんのうたんじょうび）
5月 5日　子供の日（兒童節）（こども　ひ）

第 九 課　この機械の性能はいいです

◀語彙▶

1. ④ 忙しい（いそがしい）　（形）　忙碌的。

2. ① 荷物（にもつ）　（名）　行李。

3. ⓪ 重い（おもい）　（形）　重。

4. ⓪ 暇（ひま）　（形動）　閒暇。

5. ① 親切（しんせつ）　（形動）　親切。

6. ⓪ ワープロ　（名）　word processor，文字處理機。

7. ② 広い（ひろい）　（形）　寛敞。

8. ① 静か（しずか）　（形動）　安靜。

9. ⓪ 性能（せいのう）　（名）　性能。

10. ③ 大きい（おおきい）　（形）　（面積、體積、身高等）大，巨大。

11. ② 町（まち）　（名）　城鎮，街道。

12. ⑤ プリンスホテル　（名）　Prince Hotel，王子大飯店。

13. ② 高い（たかい）　（形）　高的。

14. ⑤ 東京都庁（とうきょうとちょう）　（名）　東京都廳。

15. ⓪ 立派な（りっぱ）　（形動）　美觀，堂皇。「立派だ」的連體形。

16. ② 賑やかな（にぎ）　（形動）　熱鬧。「賑やかだ」的連體形。

17. ① 京都（きょうと）　（名）　京都（日本的古都）。

18. ① どんな　（連體）　什麼樣的，怎樣的。

19. ② 古い（ふるい）　（形）　舊，老。

20. ⓪ とても　（副）　很，非常。

21.	1	いい	（形）	好，好的。
22.	0	使い方	（名）	使用法。
23.	0	難しい	（形）	難，困難。
24.	0	易しい	（名）	容易。
25.	1	メーカー	（名）	maker，廠商。
26.	3	富士通	（名）	富士通(日本有名的公司)。
27.	0	値段	（名）	價格。
28.	2	安い	（名）	便宜。
29.	0	大島	（名）	大島(日本人的姓氏)。
30.	2	暫く	（副）	好久不見，一會兒。
31.	0	最近	（名・副）	最近。
32.	0	たいへん	（副・形動）	很，非常；辛苦，不容易。
33.	1	でも	（接）	可是，不過。
34.	5	お邪魔します		打擾。「お＋漢語動詞＋します」，對自己的動作表示謙遜。
35.		よくいらっしゃいました		歡迎光臨。
36.		どうぞお入りください		請進。「お＋V₂＋ください」，對對方的動作表示尊敬。
37.	2	ささやかな	（形動）	些許，一點點。「ささやかだ」的連體形。
38.	1	マンション	（名）	mansion，高級公寓，公寓大廈。
39.		～から	（助）	距離～。
40.	0	遠い	（名）	遠。
41.	2	飲み物	（名）	飲料。

42. ⑤ 静岡県　　　　（名）　　　靜岡縣。

43. ⑩ 玉露茶　　　　（名）　　　玉露茶(日本有名的茶)。

44. ③ ところで　　　（接）　　　話題轉變時的語氣詞。

45. 例の～　　　　　（名）　　　(談話雙方都知道，或不便於明說的事
　　　　　　　　　　　　　　　　物)那，某。

46. ① サンプル　　　（名）　　　sample，樣本。

47. ② いかが　　　　（副・形動）　如何，怎麼樣。

48. ⑩ 商品　　　　　（名）　　　商品。

49. ③ 新幹線　　　　（名）　　　新幹線

50. ② 速い　　　　　（形）　　　快，迅速。

51. ④ 正直　　　　　（形動）　　誠實。

52. ⑩ 箱根　　　　　（名）　　　箱根(日本有名的避暑勝地)。

53. ① 奈良　　　　　（名）　　　奈良。

54. ① 便利　　　　　（形動）　　方便。

55. ⑩ 台南　　　　　（名）　　　台南。

56. ⑩ 都　　　　　　（名）　　　首都，京城。

57. ⑩ 都会　　　　　（名）　　　都市。

58. ⑩ 面白い　　　　（形）　　　有趣的。

59. ⑩ 映画　　　　　（形）　　　電影。

60. ⑩ 簡単な　　　　（形動）　　簡單。「簡単だ」的連體形。

61. ② 好きな　　　　（形動）　　愛好，喜歡。「好きだ」的連體形。

62. ① 料理　　　　　（名・他サ）　料理，做菜，烹調。

63. ② 狭い　　　　　（形）　　　狹小。

64. ① 富士山（ふじさん） （形） 富士山（日本最高的山，高度為3,776m）。

65. ⑨ 第一勧業銀行（だいいちかんぎょうぎんこう） （形） 第一勸業銀行（日本有名的上市銀行）。

66. ⓪ 真面目（まじめ） （形動） 認眞。

67. ④ おとなしい （形動） 老實，溫順。

68. ⓪ 大切な（たいせつ） （形動） 重要的。「大切だ」的連體形。

69. ① 幸子（さちこ） （名） 幸子（人名）。

70. ⓪ 優しい（やさ） （形） 溫柔。

71. ① 玉山（ぎょくざん） （名） 玉山。

72. ① ソニー （名） 新力（Sony）（日本有名的上市公司）。

73. ⓪ 国際的な（こくさいてき） （形動） 國際性的。

74. ① けちな （形動） 吝嗇。「けちだ」的連體形。

75. ⓪ 物価（ぶっか） （名） 物價。

76. ⑥ ディズニーランド （名） Disneyland，迪斯奈樂園。

77. ① 商業（しょうぎょう） （名） 商業。

78. ⓪ 盛んだ（さか） （形動） 興盛。

79. ① 本田（ほんだ） （名） 本田（日本有名的上市公司）。

80. ③ 東芝（とうしば） （名） 東芝（日本三大重電公司之一）。

81. ⑤ 証券会社（しょうけんがいしゃ） （名） 證券公司。

82. ① データ （名） data，資料。

83. ⑥ ハイアットホテル （名） Hyatt Hotel，凱悅大飯店。

84. ⓪ 片岡（かたおか） （名） 片岡（日本人的姓氏）。

85. ① 日光（にっこう） （名） 日光（日本有名的觀光勝地，與箱根齊名）。

形 容 詞 一 覧

<ruby>暑<rt>あつ</rt></ruby>い——<ruby>寒<rt>さむ</rt></ruby>い　　熱的——冷的	<ruby>重<rt>おも</rt></ruby>い——<ruby>軽<rt>かる</rt></ruby>い　　重的——輕的
<ruby>高<rt>たか</rt></ruby>い——<ruby>低<rt>ひく</rt></ruby>い　　高的——低的	<ruby>深<rt>ふか</rt></ruby>い——<ruby>浅<rt>あさ</rt></ruby>い　　深的——淺的
<ruby>高<rt>たか</rt></ruby>い——<ruby>安<rt>やす</rt></ruby>い　　貴的——便宜的	<ruby>黒<rt>くろ</rt></ruby>い——<ruby>白<rt>しろ</rt></ruby>い　　黑色的——白色的
<ruby>遠<rt>とお</rt></ruby>い——<ruby>近<rt>ちか</rt></ruby>い　　遠的——近的	<ruby>多<rt>おお</rt></ruby>い——<ruby>少<rt>すく</rt></ruby>ない　　多的——少的
<ruby>厚<rt>あつ</rt></ruby>い——<ruby>薄<rt>うす</rt></ruby>い　　厚的——薄的	<ruby>美<rt>うつく</rt></ruby>しい——<ruby>醜<rt>みにく</rt></ruby>い　美麗的——醜的
いい——<ruby>悪<rt>わる</rt></ruby>い　　好的——壊的	<ruby>大<rt>おお</rt></ruby>きい——<ruby>小<rt>ちい</rt></ruby>さい　大的——小的
<ruby>広<rt>ひろ</rt></ruby>い——<ruby>狭<rt>せま</rt></ruby>い　　寬的——窄的	<ruby>嬉<rt>うれ</rt></ruby>しい——<ruby>悲<rt>かな</rt></ruby>しい　高興的——悲傷的
<ruby>強<rt>つよ</rt></ruby>い——<ruby>弱<rt>よわ</rt></ruby>い　　強的——弱的	<ruby>硬<rt>かた</rt></ruby>い——<ruby>柔<rt>やわ</rt></ruby>らかい　硬的——柔軟的
<ruby>早<rt>はや</rt></ruby>い——<ruby>遅<rt>おそ</rt></ruby>い　　早的——晚的	<ruby>難<rt>むずか</rt></ruby>しい——<ruby>易<rt>やさ</rt></ruby>しい　難的——容易的
<ruby>速<rt>はや</rt></ruby>い——<ruby>遅<rt>おそ</rt></ruby>い　　快的——慢的	<ruby>優<rt>やさ</rt></ruby>しい——<ruby>厳<rt>きび</rt></ruby>しい　溫柔的——嚴格的
<ruby>長<rt>なが</rt></ruby>い——<ruby>短<rt>みじか</rt></ruby>い　　長的——短的	<ruby>新<rt>あたら</rt></ruby>しい——<ruby>古<rt>ふる</rt></ruby>い　新的——舊的
<ruby>太<rt>ふと</rt></ruby>い——<ruby>細<rt>ほそ</rt></ruby>い　　粗的——細的	<ruby>明<rt>あか</rt></ruby>るい——<ruby>暗<rt>くら</rt></ruby>い　明亮的——黑暗的

形 容 動 詞 一 覧

<ruby>便利<rt>べんり</rt></ruby>だ——<ruby>不便<rt>ふべん</rt></ruby>だ	方便——不便
<ruby>静<rt>しず</rt></ruby>かだ——<ruby>賑<rt>にぎ</rt></ruby>やかだ	安靜——熱鬧
<ruby>好<rt>す</rt></ruby>きだ——<ruby>嫌<rt>きら</rt></ruby>いだ	喜歡——討厭
<ruby>上手<rt>じょうず</rt></ruby>だ——<ruby>下手<rt>へた</rt></ruby>だ	高明——笨拙
<ruby>有名<rt>ゆうめい</rt></ruby>だ——<ruby>無名<rt>むめい</rt></ruby>だ	有名——無名
<ruby>愉快<rt>ゆかい</rt></ruby>だ——<ruby>不愉快<rt>ふゆかい</rt></ruby>だ	愉快——不愉快

1. ～ は 形容詞い です。

2. ～ は 形容動詞 です。

3. ～ は 形容詞く ないです(ありません)。

4. ～ は 形容動詞 ではありません。

5. ～ は 形容詞い ～ です。

6. ～ は 形容動詞な ～ です。

◀例文▶

1. 私は今日忙しいです。

   A: この荷物は重いですか。

   B: ええ、重いですよ。

2. 私は明日暇です。

   A: 山田部長は親切ですか。

   B: はい、親切です。

3. このワープロはいいです。

   A: 二階の会議室は広いですか。

   B: いいえ、広くないです。

4．この部屋は綺麗ではありません。

    Ａ：会社の近くは静かですか。

    Ｂ：いいえ、静かではありません。

5．Ａ：この機械の性能はどうですか。

    Ｂ：いいですよ。

6．東京は大きい町です。

    Ａ：プリンスホテルはどれですか。

    Ｂ：あの高いビルです。

7．東京都庁は立派な建物です。

    Ａ：新宿は静かな町ですか。

    Ｂ：いいえ、静かな町ではありません。賑やかな町です。

8．Ａ：京都はどんな町ですか。

    Ｂ：古い町です。

羅　：そのワープロはどうですか。

石原：ええ、とてもいいですよ。

羅　：使い方は難しいですか。

石原：いいえ、難しくありません。易しいですよ。

羅　：どこのメーカーの製品ですか。

石原：富士通のものです。

羅　：値段はどうですか。

石原：安いです。

〈 **本文** 2 〉

大島：沈さん、暫くですね。

沈　：そうですね。

大島：どうですか。最近、忙しいですか。

沈　：今週はたいへん忙しいです。

大島：それはたいへんですね。

沈　：ええ、でも来週は忙しくありません。

大島：そうですか。

本文 3

郭　：お邪魔します。

鈴木：よくいらっしゃいました。どうぞお入りください。

郭　：これはささやかなものです。

鈴木：どうもありがとうございます。

郭　：立派なマンションですね。新しいですか。

鈴木：いいえ、新しくありませんよ。それにこの辺は静かではありません。

郭　：そうですか。でも駅の近くですね。

鈴木：はい、駅から五分です。

郭　：いいですね。私のアパートは駅から遠いです。

本文 4

鈴木：飲み物は何がいいですか。

郭　：お茶をお願いします。

×　×　×　×　×　×　×　×　×　×　×　×　×　×　×　×

鈴木：さあ、お茶をどうぞ。

郭　：あ、どうも。いただきます。

鈴木：う〜ん、美味しいお茶ですね。

郭　：どこのお茶ですか。

鈴木：静岡県の玉露茶です。

郭　：そうですか。ところで、例のサンプルはいかがですか。

鈴木：はい、とてもいいです。

◀練習Ａ▶

1.

> ～　は　形容詞い　です。

私の会社　　新しい
この商品　は　古い　　です。
新幹線　　　速い

2.

> ～　は　形容動詞　です。

あの人　　　正直
銀座　　は　賑やか　です。
箱根　　　　綺麗

3.

> ～　は　形容詞く　ないです(ありません)。

値段　　　高くない
奈良　　は　遠くない　です。
あした　　寒くない

4.

～　は　形容動詞　ではありません。

金曜日　　　暇
ここ　　は　便利　ではありません。
林さん　　　親切

5.

～　は　形容詞い　～　です。

台南　　　古い都
東京　は　大きい都会　です。
それ　　　面白い映画

6.

～　は　形容動詞な　～　です。

それ　　　簡単な作業
台北　は　賑やかな都会　　です。
それ　　　一番好きな料理

◀練習B▶

1. 例: 部長・忙しい ⇒ 部長は忙しいです。

　　(1) 日本語・難しい ⇒

　　(2) 日本の景気・悪い ⇒

　　(3) 事務室・狭い ⇒

　　(4) 富士山・高い ⇒

　　(5) この機械の性能・いい ⇒

　　(6) 新宿・賑やかだ ⇒

　　(7) 鈴木さん・元気だ ⇒

　　(8) 第一勧業銀行・有名だ ⇒

　　(9) 星野さん・真面目だ ⇒

　　(10) 新光三越ビル・立派だ ⇒

2. 例: 新宿・大きい・町 ⇒ 新宿は大きい町です。

　　(1) 田中さん・おとなしい・人 ⇒

　　(2) これ・大切な・書類 ⇒

　　(3) 幸子さん・優しい・人 ⇒

　　(4) あれ・新しい・機械 ⇒

　　(5) 松下課長・真面目な・方 ⇒

　　(6) 台湾の玉山・高い・山 ⇒

　　(7) ソニー・有名な・会社 ⇒

　　(8) 台北・国際的な・都市 ⇒

(9) 山本さん・いい・友達⇒

⑽ 加藤さん・けちな・人⇒

3．例：私は今日忙しいです。

　　　　⇒　私は今日忙しくないです。

(1) 地下の駐車場は広いです。

　　　⇒ _____

(2) 日本の物価は安いです。

　　　⇒ _____

(3) 部長は今暇です。

　　　⇒ _____

(4) ディズニーランドは賑やかです。

　　　⇒ _____

(5) この町の商業は盛んです。

　　　⇒ _____

4．例：今日、忙しいですか。（いいえ）

　　　　⇒　いいえ、忙しくないです。

(1) あの銀行は有名ですか。（はい）

　　　⇒ _____

(2) 今日、暇ですか。（いいえ）

　　　⇒ _____

(3) この商品は古いですか。（いいえ）

　　　⇒ _____

(4) 日本語は面白いですか。(はい)

⇒ _____

(5) 日本料理は美味しいですか。(はい)

⇒ _____

5. 例: 大阪は小さい町ですか。

⇒ いいえ、小さい町ではありません。

(1) これは新しい雑誌ですか。(いいえ)

⇒ _____

(2) 本田は大きい会社ですか。(はい)

⇒ _____

(3) 東京は古い町ですか。(いいえ)

⇒ _____

(4) 東芝は有名な会社ですか。(はい)

⇒ _____

(5) ここは便利なところですか。(いいえ)

⇒ _____

6. 例: この建物は古いです。

⇒ これは古い建物です。

(1) あの会社は大きいです。

⇒ _____

(2) その証券会社は有名です。

⇨ _____

(3) この仕事は難しいです。

⇨ _____

(4) この機械はとてもいいです。

⇨ _____

(5) その商品は新しいです。

⇨ _____

7. 例：その建物は古くないです。

　　　⇨ それは古い建物ではありません。

(1) このレストランは有名ではありません。

⇨ _____

(2) そのデータは新しくないです。

⇨ _____

(3) そのコンピューターはよくないです。

⇨ _____

(4) その会社は小さくないです。

⇨ _____

(5) そのマンションは立派ではありません。

⇨ _____

◀会話練習▶

1. A：お仕事はどうですか。

   B：忙しいですが、面白いです。

2. A：あそこに高いビルがありますね。

   B：ええ。

   A：あれは何ですか。

   B：あれはハイアットホテルです。

3. A：片岡部長はどんな方ですか。

   B：優しい方です。

4. A：日光はどんなところですか。

   B：とても綺麗なところです。

◀語彙▶

1. ③ 定休日 <ruby>定休日<rt>ていきゅうび</rt></ruby> （名） 公休日。

2. ② 暑い <ruby>暑<rt>あつ</rt></ruby>い （形） 熱的。

3. ⓪ 旅行 <ruby>旅行<rt>りょこう</rt></ruby> （名） 旅行。

4. ③ 楽しい <ruby>楽<rt>たの</rt></ruby>しい （形） 快樂的。

5. ③ 懇親会 <ruby>懇親会<rt>こんしんかい</rt></ruby> （名） 聯歡會。

6. ③ 高島 <ruby>高島<rt>たかしま</rt></ruby> （名） 高島(日本人的姓氏)。

7. ⓪ 会場 <ruby>会場<rt>かいじょう</rt></ruby> （名） 會場。

8. ⑤ グランドホテル （名） Grand Hotel，圓山大飯店。

9. ③ 参加者 <ruby>参加者<rt>さんかしゃ</rt></ruby> （名） 參加的人。

10. ② 多い <ruby>多<rt>おお</rt></ruby>い （形） 多。

11. ③ 北海道 <ruby>北海道<rt>ほっかいどう</rt></ruby> （名） 北海道(日本的地名)。

12. ⓪ 満開 <ruby>満開<rt>まんかい</rt></ruby> （形） 盛開。

13. ② 寒い <ruby>寒<rt>さむ</rt></ruby>い （形） 冷的。

14. ① すごく （形動） 很，非常。

15. ⑥ 創立記念日 <ruby>創立記念日<rt>そうりつきねんび</rt></ruby> （名） 成立紀念日。

16. ⓪ 順調だ <ruby>順調<rt>じゅんちょう</rt></ruby>だ （形動） 順利。

17. ⓪ 交渉 <ruby>交渉<rt>こうしょう</rt></ruby> （名，自サ） 交涉，談判。

18. ① 困難だ <ruby>困難<rt>こんなん</rt></ruby>だ （形動） 困難。

19. ⓪ 例会日 <ruby>例会日<rt>れいかいび</rt></ruby> （名） 例會日。

20. ⑤ 中間テスト <ruby>中間<rt>ちゅうかん</rt></ruby>テスト （名） 期中考。

21. ⑥ 敬老の日		（名）	敬老日。
22. ⓪ 病気		（名）	生病。
23. ④ 入社試験		（名）	招聘考試。
24. ⓪ 景気		（名）	景氣。
25. ① コンサート		（名）	concert，音樂會。
26. ① ガイド		（名）	guide，嚮導。
27. ⑤ 海外旅行		（名）	海外旅行。
28. ⑤ 経済状況		（名）	經濟狀況。
29. ④ 電子工業		（名）	電子工業。
30. ⑤ 工場見学		（名）	參觀工場。
31. ⑤ 中村商事		（名）	中村商社。
32. ② 取引		（名）	交易。
33. ③ つまらない		（形）	無聊的，索然無味的。
34. ⓪ 芝居		（名）	戲劇。
35. ⓪ 全然		（副）	下接否定表一點也不…。
36. ④ 蒸し暑い		（形）	悶熱的。
37. ③ 講義		（名）	講課。

文型

1. ～　は　名詞／形容動詞　です。

2. ～　は　名詞／形容動詞　ではありませんでした。

3. ～　は　形容詞かっ　たです。

4. ～　は　形容詞く　なかったです（ありませんでした）。

◀例文▶

1. 昨日は木曜日でした。

　　A：昨日は定休日でしたか。

　　B：はい、定休日でした。

2. 昨日は日曜日ではありませんでした。

　　A：昨日は暇でしたか。

　　B：いいえ、暇ではありませんでした。

3. 昨日は暑かったです。

　　A：今日の料理はおいしかったですか。

　　B：はい、おいしかったです。

4. 先週忙しくなかったです。

    A：仕事は忙しかったですか。

    B：いいえ、忙しくなかったです。

5. A：旅行はどうでしたか。

    B：楽しかったです。

6. A：昨日のパーティーはよかったですか。

    B：いいえ、あまりよくなかったです。

本文 1

潘　：昨日の懇親会はどうでしたか。

高島：よかったです。賑やかなパーティーでした。

潘　：会場はどこでしたか。

高島：グランドホテルでした。広かったです。

潘　：参加者が多かったですか。

高島：はい、多かったです。約百名ぐらいいました。

潘　：そこの料理はおいしかったですか。

高島：はい、とてもおいしかったです。

工藤：北海道旅行は楽しかったですか。

簡　：はい、楽しかったです。桜が満開でした。とても綺麗でした。

工藤：天気はどうでした。

簡　：暑くも寒くもなく、とてもいい天気でした。

工藤：それはよかったですね。東京はすごく暑かったですよ。

◀練習Ａ▶

1.

〜　は　名詞　でした。

　　　　　　　　　休み
昨日　は　定休日　　　　　　でした。
　　　　　　　　　会社の創立記念日

2.

〜　は　形容動詞　でした。

仕事　　　　順調
先週　は　暇　　でした。
交渉　　　　困難

3.

〜　は　形容詞かっ　たです。

去年の夏　　　　暑かった
先週　　　は　忙しかった　です。
人　　　　　　多かった

4.

～　は　名詞　ではありませんでした。

昨日　は　納期
　　　　　例会日　ではありませんでした。
　　　　　いい天気

5.

～　は　形容動詞　ではありませんでした。

商業　　　　　盛ん
仕事　は　　順調　ではありませんでした。
それ　　　　　簡単

6.

～　は　形容詞く　なかったです。

去年の冬　　　　寒くなかった
昨日の映画　は　面白くなかった　です。
中間テスト　　　難しくなかった

◀練習B▶

1. 例: 昨日・5月5日⇒ 昨日は5月5日でした。

    (1) 昨日・敬老の日⇒

    (2) 一昨日・雨⇒

    (3) 昨日・病気⇒

    (4) 昨日・休み⇒

    (5) ゆうべのパーティー・いい⇒

    (6) 先週の入社試験・易しい⇒

    (7) 日本の景気・悪い⇒

    (8) 鈴木さん・元気だ⇒

    (9) 昔・ここ・静かだ⇒

    (10) 星野さん・真面目だ⇒

2. 例: 昨日はいい天気でしたか。(いいえ)

    ⇒ いいえ、いい天気ではありませんでした。

    (1) 去年の夏は暑かったですか。

      ⇒ _____

    (2) 仕事は順調でしたか。

      ⇒ _____

    (3) あの店の料理はおいしかったですか。

      ⇒ _____

⑷ ディズニランドはどうでしたか。（たいへん面白い）

    ⇨ _____

⑸ 昔ここの電子工業はどうでしたか。（あまり盛んだ）

    ⇨ _____

⑹ 昨日の工場見学はどうでしたか。（とてもいい）

    ⇨ _____

⑺ 中村商事との取引交渉はどうでしたか。（あまり順調だ）

    ⇨ _____

⑻ 昨日のパーティはどうでしたか。（すこしつまらない）

    ⇨ _____

⑼ 日光の景色はどうでしたか。（とてもいい）

    ⇨ _____

⑽ 昨日の芝居はどうでしたか。（あまり面白くない）

    ⇨ _____

例：　その電子手帳は安かったですか。（あまり）

    ⇨いいえ、あまり安くなかったです。

⑴ 日本語は難しいですか。（すこし）

    ⇨ _____

⑵ 台湾の料理はからいですか。（あまり）

    ⇨ _____

⑶ 斎藤さんは元気でしたか。（とても）

    ⇨ _____

(4) ディズニーランドはどうでしたか。(たいへん面白い)

⇨＿＿＿＿＿＿＿＿＿＿＿＿＿＿＿＿＿＿＿＿

(5) 昔ここの電子工業はどうでしたか。(あまり盛んだ)

⇨＿＿＿＿＿＿＿＿＿＿＿＿＿＿＿＿＿＿＿＿

(6) 昨日の工場見学はどうでしたか。(とてもいい)

⇨＿＿＿＿＿＿＿＿＿＿＿＿＿＿＿＿＿＿＿＿

(7) 中村商事との取引交渉はどうでしたか。(あまり順調だ)

⇨＿＿＿＿＿＿＿＿＿＿＿＿＿＿＿＿＿＿＿＿

(8) 昨日のパーティはどうでしたか。(すこしつまらない)

⇨＿＿＿＿＿＿＿＿＿＿＿＿＿＿＿＿＿＿＿＿

(9) 日光の景色はどうでしたか。(とてもいい)

⇨＿＿＿＿＿＿＿＿＿＿＿＿＿＿＿＿＿＿＿＿

(10) 昨日の芝居はどうでしたか。(あまり面白くない)

⇨＿＿＿＿＿＿＿＿＿＿＿＿＿＿＿＿＿＿＿＿

例：　その電子手帳は安かったですか。(あまり)

⇨いいえ、あまり安くなかったです。

(1) 日本語は難しいですか。(すこし)

⇨＿＿＿＿＿＿＿＿＿＿＿＿＿＿＿＿＿＿＿＿

(2) 台湾の料理はからいですか。(あまり)

⇨＿＿＿＿＿＿＿＿＿＿＿＿＿＿＿＿＿＿＿＿

(3) 斎藤さんは元気でしたか。(とても)

⇨＿＿＿＿＿＿＿＿＿＿＿＿＿＿＿＿＿＿＿＿

(4) ゆうべのパーティーは楽しかったですか。（全然）

⇒ _____

(5) 旅行はよかったですか。（たいへん）

⇒ _____

(6) その店の料理はおいしかったですか。（そんなに）

⇒ _____

(7) 昨日は蒸し暑かったですか。（ちょっと）

⇒ _____

(8) 岡本先生の講義は面白かったですか。（とても）

⇒ _____

附

錄

㈠ 日本人の苗字

青木	あおき	泉	いずみ	海老原	えびばら			
青柳	あおやなぎ	市川	いちかわ	遠藤	えんどう			
赤羽	あかばね	井出	いで	大久保	おおくぼ			
朝岡	あさおか	伊藤	いとう	大沢	おおさわ			
浅田	あさだ	伊東	いとう	大島	おおしま			
浅野	あさの	井上	いのうえ	太田	おおた			
飛鳥	あすか	井原	いはら	大月	おおつき			
東	あずま	今井	いまい	大野	おおの			
安達	あだち	今村	いまむら	大平	おおひら			
阿部	あべ	岩井	いわい	大森	おおもり			
安倍	あべ	岩田	いわだ	岡崎	おかざき			
天野	あまの	岩崎	いわさき	岡田	おかだ			
新井	あらい	岩本	いわもと	岡部	おかべ			
荒井	あらい	植木	うえき	岡村	おかむら			
荒木	あらき	上杉	うえすぎ	岡本	おかもと			
淡島	あわしま	上田	うえだ	緒方	おがた			
安藤	あんどう	上野	うえの	小川	おがわ			
飯島	いいじま	上原	うえはら	奥山	おくやま			
伊賀	いが	植村	うえむら	小倉	おぐら			
生田	いくた	氏家	うじいえ	織田	おだ			
池上	いけがみ	臼井	うすい	小野	おの			
池田	いけだ	内田	うちだ	笠間	かさま			
石井	いしい	内山	うちやま	影山	かげやま			
石川	いしかわ	宇野	うの	柏木	かしわぎ			
石崎	いしざき	梅田	うめだ	梶原	かじわら			
石田	いしだ	江川	えがわ	春日	かすが			
石橋	いしばし	江藤	えとう	片岡	かたおか			
石原	いしはら	榎本	えのもと	勝也	かつや			

加藤	かとう	小西	こにし	杉本	すぎもと
金井	かない	小林	こばやし	須田	すだ
金沢	かなざわ	小松	こまつ	須藤	すどう
金子	かねこ	小宮	こみや	関	せき
鎌田	かまた	近藤	こんどう	瀬川	せがわ
亀井	かめい	斎藤	さいとう	園田	そのだ
川口	かわぐち	酒井	さかい	高井	たかい
川崎	かわさき	坂井	さかい	高木	たかぎ
川島	かわじま	榊原	さかきばら	高倉	たかくら
川端	かわばた	坂本	さかもと	高杉	たかすぎ
岸	きし	佐久間	さくま	高田	たかだ
喜多	きた	桜井	さくらい	高津	たかつ
北野	きたの	佐々木	ささき	高橋	たかはし
北村	きたむら	佐藤	さとう	高野	たかの
木村	きむら	五月	さつき	高山	たかやま
清原	きよはら	佐野	さの	滝沢	たきざわ
清川	きよかわ	志賀	しが	竹内	たけうち
楠本	くすもと	篠田	しのだ	竹下	たけした
工藤	くどう	篠原	しのはら	武田	たけだ
久保	くぼ	柴田	しばた	立花	たちばな
窪田	くぼた	渋谷	しぶや	田中	たなか
熊谷	くまがや	島崎	しまざき	田辺	たなべ
黒川	くろかわ	島田	しまだ	田原	たはら
黒田	くろだ	島野	しまの	田村	たむら
小泉	こいずみ	島村	しまむら	千葉	ちば
河野	こうの	清水	しみず	塚本	つかもと
小島	こじま	志村	しむら	津田	つだ
小谷	こたに	下田	しもだ	筒井	つつい
児玉	こだま	菅原	すがわら	都築	つづき
後藤	ごとう	鈴木	すずき	堤	つつみ

鶴岡	つる おか
手塚	て づか
寺田	てら だ
寺村	てら むら
土井	ど い
東郷	とう ごう
遠山	とお やま
時田	とき た
徳川	とく がわ
徳島	とく しま
徳光	とく みつ
戸田	と だ
富岡	とみ おか
豊田	とよ た
永井	なが い
長沢	なが さわ
中島	なか じま
中条	なか じょう
中野	なか の
長野	なが の
中村	なか むら
中森	なか もり
中山	なか やま
成田	なり た
西岡	にし おか
西川	にし かわ
西田	にし だ
西村	にし むら
沼田	ぬま た
根元	ね もと
野沢	の ざわ
野村	の むら
芳賀	は が
橋本	はし もと
長谷川	は せ がわ
服部	はっ とり
浜田	はま だ
林	はやし
樋口	ひ ぐち
平岡	ひら おか
平田	ひら た
広瀬	ひろ せ
福井	ふく い
福田	ふく だ
福本	ふく もと
藤井	ふじ い
藤田	ふじ た
藤森	ふじ もり
藤原	ふじ わら
船井	ふな い
古田	ふる た
星野	ほし の
細井	ほそ い
細川	ほそ かわ
堀内	ほり うち
堀江	ほり え
本田	ほん だ
増田	ます だ
松下	まつ した
松永	まつ なが
松本	まつ もと
丸山	まる やま
三木	み き
三沢	み さわ
三島	み しま
水谷	みず たに
水野	みつ の
三井	みつ い
宮城	みや ぎ
三宅	みや け
宮沢	みや ざわ
宮本	みや もと
村上	むら かみ
村田	むら だ
村松	むら まつ
村山	むら やま
望月	もち づき
森山	もり やま
安田	やす だ
矢野	や の
山口	やま ぐち
山崎	やま ざき
山下	やま した
山田	やま だ
山本	やま もと
湯沢	ゆ ざわ
横山	よこ やま
吉田	よし だ
吉原	よし はら
若林	わか ばやし
渡辺	わた なべ

(二) 中国人の苗字

丁 てい	卜 ぼく	力 りき	于 う	刁 ちょう	王 おう	毛 もう	卞 べん	尹 いん	仇 きゅう	尤 ゆう	水 すい	牛 ぎゅう	戈 か	孔 こう	方 ほう
木 もく	夫 ふ	午 ご	巴 は	戶 こ	毋 ぶ	氏 し	古 こ	史 し	左 さ	石 せき	包 ほう	白 はく	申 しん	伍 ご	田 でん
由 ゆう	甲 こう	巨 きょ	永 えい	甘 かん	朱 しゅ	江 こう	向 こう	成 せい	吉 きち	匡 きょう	任 にん	牟 む	年 ねん	羊 よう	全 ぜん
竹 ちく	老 ろう	池 ち	米 べい	吳 ご	阮 げん	沙 さ	車 しゃ	岑 しん	宋 そう	沈 しん	但 たん	狄 てき	杜 と	巫 ふ	辛 しん
李 り	余 よ	冷 れい	呂 ろ	邱 きゅう	汪 おう	希 き	貝 かい	谷 こく	言 げん	牢 ろう	男 だん	沐 もく	何 か	易 い	竺 じく
強 きょう	季 き	岳 がく	周 しゅう	居 きょ	孟 もう	武 ぶ	門 もん	邵 しょう	金 きん	京 きょう	東 とう	法 ほう	牧 ぼく	卓 たく	青 せい
房 ぼう	庚 こう	柯 か	承 しょう	林 りん	姜 きょう	范 はん	韋 い	相 そう	胡 こ	姚 よう	祝 しゅく	查 さ	侯 こう	洪 こう	帥 すい
俞 ゆ	宣 せん	段 だん	柴 さい	柳 りゅう	柏 はく	紀 き	郎 ろう	皇 こう	郁 いく	禹 う	南 なん	軍 ぐん	涂 と	夏 か	高 こう
馬 ば	袁 えん	殷 いん	耿 こう	倪 げい	荀 じゅん	秦 しん	徐 じょ	孫 そん	唐 とう	師 し	凌 りょう	翁 おう	晏 あん	海 かい	烏 う
曹 そう	商 しょう	敖 とう	郝 かく	符 ふ	郭 かく	陳 ちん	陸 りく	都 と	許 きょ	康 こう	張 ちょう	章 しょう	莊 そう	陶 とう	莫 ばく
梁 りょう	梅 ばい	麥 ばく	戚 せき	畢 ひつ	連 れん	麻 ま	曼 まん	涼 りょう	清 しん	魚 ぎょ	盛 せい	項 こう	曾 そう	馮 ふう	舒 じょ
傅 ふ	賀 が	黃 こう	湯 とう	喬 きょう	焦 しょう	隋 ずい	程 てい	彭 ほう	屠 と	童 どう	費 ひ	閔 びん	喻 ゆ	游 ゆう	龔 きょう
掌 しょう	無 む	舜 しゅん	揚 よう	鄒 すう	虞 ぐ	葉 よう	葛 かつ	過 か	賈 こ	裘 ちょう	萬 まん	董 とう	路 ろ	詹 せん	雷 らい
溫 おん	新 しん	楚 そ	楊 よう	甄 しん	節 せつ	農 のう	睦 ぼく	寧 ねい	蓋 がい	榮 えい	熊 ゆう	趙 ちょう	裴 はい	赫 かく	褚 ちょ
權 けん	管 かん	齊 せい	滕 とう	黎 れい	滿 まん	豫 よ	端 たん	惲 うん	衛 えい	鄭 てい	鄧 とう	潘 はん	劉 りゅう	魯 ろ	談 だん
樂 らく	樊 はん	樓 ろう	歐 おう	穆 ぼく	錢 せん	閻 えん	盧 ろ	龍 りゅう	瞿 く	駱 らく	燕 えん	營 えい	蕭 しょう	謝 しゃ	薛 せつ
濮 ぼく	繆 こう	戴 たい	韓 かん	譚 たん	藍 らん	檢 けん	魏 ぎ	歸 き	簡 かん	儲 ちょ	豐 ほう	轟 しょう	闞 かん	龐 ぼう	羅 ら
鐘 しょう	蘭 りん	蘇 そ	酆 はん	嚴 げん	酈 り	饒 じょう	籍 せき	顧 こ	露 ろ						

上官 じょうかん	司徒 しと	司馬 しば	尉遲 いち	端木 たんぼく	歐陽 おうよう	諸葛 しょかつ

(三) 日本の県と県庁所在地

県名	県庁所在地	県名	県庁所在地
1.北海道(道)	札幌	13.東京(都)	(東京)
2.青森	青森	14.神奈川	横浜
3.岩手	盛岡	15.新潟	新潟
4.宮城	仙台	16.富山	富山
5.秋田	秋田	17.石川	金沢
6.山形	山形	18.福井	福井
7.福島	福島	19.山梨	甲府
8.茨城	水戸	20.長野	長野
9.栃木	宇都宮	21.岐阜	岐阜
10.群馬	前橋	22.静岡	静岡
11.埼玉	浦和	23.愛知	名古屋
12.千葉	千葉	24.三重	津

中国地方

近畿地方

四国地方

九州地方

沖縄

北海道地方 ^{ほっかいどう ち ほう}

東北地方 ^{とうほく ち ほう}

中部地方 ^{ちゅう ぶ ち ほう}

関東地方 ^{かんとう ち ほう}

25.滋賀	大津	36.徳島	徳島
26.京都(府)	京都	37.香川	高松
27.大阪(府)	大阪	38.愛媛	松山
28.兵庫	神戸	39.高知	高知
29.奈良	奈良	40.福岡	福岡
30.和歌山	和歌山	41.佐賀	佐賀
31.鳥取	鳥取	42.長崎	長崎
32.島根	松江	43.熊本	熊本
33.岡山	岡山	44.大分	大分
34.広島	広島	45.宮崎	宮崎
35.山口	山口	46.鹿児島	鹿児島
		47.沖縄	那覇

(四) 日本のお金

￥10,000

￥5,000

￥1,000

￥500

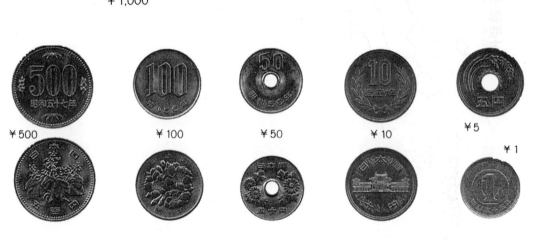

￥500 ￥100 ￥50 ￥10 ￥5

￥1